アルテミスの涙

下村敦史

Tears of Artemis

Shimomura Atsushi

小 学 館

アルテミスの涙

Tears of Artemis

プロローグ

薄闇の中、消毒液のにおいが漂う廊下は、壁の蛍光灯の仄明《ほのあ》かりでぼんやりと浮かび上がっていた。等間隔の蛍光灯の真下を通り抜けるたび、影は闇の中に飲み込まれた。

今にも病死した患者の霊が現れそうな雰囲気がある。

時刻は深夜十二時半――。

この時間帯、人気《ひとけ》が消えることを知っている。よほどの不運に見舞われないかぎり、病院関係者とも出くわさないだろう。ロビーと違って監視カメラも設置されていない。

男は、リノリウムの床に幽霊めいて薄く滲《にじ》んだ自分の影を見ながら歩いていた。

突き当たりにある病室の前に着くと、一度後ろを振り返り、人がいないことを確認した。

男はノブを握り締め、ドアを開けた。

病室に足を踏み入れた。かすかに甘い香りを嗅いだ。ベッドサイドテーブルの花瓶に花が飾られている。夕方あたりに見舞客が新しく活《い》けたのだろう。

カーテンを透かすように、満月の明かりが病室内を照らしていた。隙間から射《さ》し込む青白い月光がベッドに落ち、女性のシルエットが浮き彫りになっている。

男はベッドに近づいた。掛け布団に覆われている女性の胸が静かに――注視しなければ分からないほど小さく上下している。

身動きできなくても、命がたしかに存在している証《あかし》だった。

「起きてるかな?」

男は女性に声をかけた。

彼女は首も回せず、声も出せない。ただ天井を見つめている。

だからこそ――。

男は優しい声で話しかけた。

彼女はまばたきをした以外、無反応だった。まるで魂を閉じ込められた人形だ。

「今は二人きりだよ」

男は布団を剝ぎ取った。彼女は痩せ気味の体をレモン色のパジャマに包んでいる。

無防備な彼女の姿を眺めるうち、緊張で喉が渇いた。ごくっと唾を飲み込んだ。

男は彼女の無表情の顔を見つめた。喜怒哀楽を作ることができないにもかかわらず、懇願が表れているように見えた。

男は常識も倫理観も捨て去り、彼女の体に手を伸ばした。

I

重く垂れ込めた鉛色の雲の隙間から射し込む朝日は、どことなく冷たかった。本格的な冬の到来を予期させる寒風が吹きつけている。

水瀬真理亜《みなせまりあ》は最寄り駅から電車に乗った。この時間帯は座席が全て埋まっている。吊《つ》り革を握って立った。

空気が抜けるような音とともにドアが閉まり、電車が発車した。三時間睡眠での出勤だから、揺れに身を委ねていると、眠気に襲われる。

真理亜は口元を隠し、小さくあくびをした。

各駅停車の電車が停《と》まり、ドアが開いた。数人の乗客が二号車に乗り込んできた。ドアが閉まり、また発車する。

「おい！」

野太い怒声が耳を打ったのは、そのときだった。

真理亜は声の方向に顔を向けた。優先席の前で仁王立ちになった中年男性が、座席に座っている若い女性を睨《にら》み下ろしていた。眉間に皺《しわ》を刻み、目を吊り上げ、歯を剝《む》き出している。

「座ってんじゃねえよ！」

女性は怯《おび》えた顔で中年男性を見上げている。

「優先席って書いてあんのが見えねえのか！」

怒鳴り声で電車内が緊張していた。女性の隣に座っている老人は目を逸《そ》らしている。

「マナーのかけらもねえのかよ！」

女性は剣幕に気圧《けお》され、身を縮こまらせていた。何かを言いたそうに口を開いたものの、声は出てこなかった。

中年男性はスマートフォンを取り上げると、レンズを優先席に向けた。

「SNS《ツイッター》に晒《さら》してやるからな」

女性が手で顔を庇《かば》った。

「や、やめてください……」

消え入りそうな囁《ささや》き声だった。

ネットには、優先席に座る若者を撮影しては罵倒のコメントとともに晒し上げている人間がたまにいる。

「常識を学べよな！　優先席占拠しやがって！」中年男性は車内を見回し、ますます声を荒らげた。「何見てんだよ！　正論だろうが！　正しいこと言ってるよな？」

迷惑そうな顔をしていた乗客の何人かが視線を逃がした。数人は女性のほうを非難の眼差《まなざ》しで睨んでいる。

中年男性は女性に顔を戻した。

「何とか言えよ！」

中年男性は威嚇するように足を踏み鳴らした。女性がビクッと肩をすくめた。胃痛をこらえるようにおなかを押さえた。

もしかして――。

真理亜は女性の全身をさっと観察した。胸を強調しないゆったりした黄色のシャツの上に、水色のカーディガンを羽織っていた。ロングスカートから足首が覗《のぞ》いている。

「さっさとどけよ！」

真理亜は優先席のほうへ進み出た。

「あのう……」

女性に話しかけた。彼女が救いを求めるように顔を上げた。視線が絡み合う。

「何だ、てめぇ！」

中年男性が真横でがなり立てる。

真理亜は無視して女性の腹部に視線を落とした。

「失礼ですけど……妊娠されてますよね？」

「え？」女性は困惑の表情を見せた後、か細い声で「はい……」とうなずいた。「八ヵ月です」

やはり――。

真理亜は中年男性に向き直った。後ろに腕を伸ばし、『優先席』と書かれたステッカーを指差した。

「妊婦も優先席を使えます」

中年男性は不快そうに顔を歪《ゆが》めた。

「腹も膨れてねえだろ。被害者ぶって嘘《うそ》つくなよ！」

「おなかの膨れ方には個人差がありますから」

真理亜は女性に向き直った。彼女の顔色を見る。肌が紙のように白く見えるのは、元からではないだろう。

「たぶん、貧血がありますよね」

女性がこくりとうなずく。

「六ヵ月をすぎたころから色んな症状が出てきますもんね。無理せず座っていていいんですよ」

「……ありがとうございます」

後ろで舌打ちが聞こえた。

振り返ると、中年男性は居心地が悪そうに身じろぎしていた。だが、周囲の非難の眼差しに気づいたのか、スマートフォンをしまい、逃げるように隣の車両へ消えていった。

女性はもう一度「ありがとうございます」と頭を下げた。

「いいえ」真理亜はほほ笑みで応えた。「体調には注意して、元気なお子さんを産んでくださいね」

「……はい」

女性は唇を引き結び、肩を震わせた。張り詰めていた糸が切れたかのように嗚咽《おえつ》を漏らしはじめる。

真理亜は女性の肩を優しくさすりながら、「もう大丈夫ですよ」と励まし続けた。

目的の駅に到着したころには、女性も落ち着きを取り戻していた。真理亜はお別れを言って電車を降りた。

駅を出て五分ほど歩くと、五階建ての白壁の建物――『江花《えばな》病院』が見えてきた。

病院に入ると、更衣室で服を着替えた。

真理亜は白衣を翻すと、窓からの陽射《ひざ》しが暖かい病院の廊下を歩いた。事務局と向かい合うようにCT室とMRI室がある。突き当りは内視鏡室と透視室だ。

角を曲がって進むと脳神経外科、整形リハビリテーション科、外科、内科、眼科――と続く。

真理亜は各部屋の前を通りすぎ、産婦人科のドアを開けた。待合室に足を踏み入れた。レモンイエローの壁に、背もたれを預けるようにチェアが六脚並んでいる。

「あ、先生」女性看護師が真理亜に顔を向けた。「おはようございます」

「おはよう。今日は天気が悪いわね。どんよりしていて、気が滅入《めい》りそう」

「本当ですね。午後の降水確率は五十パーセントらしいですよ。ひと雨来そうです」

「いやね」

雨が降ると、外出しなければならない妊婦が苦労する。転倒の危険が増し、ただでさえ大変な日常生活に負担が増える。

「でも先生――」女性看護師がにんまりと笑みを浮かべた。「今日は気分が明るくなることもありますよ」

真理亜は首を傾《かし》げた。

「実は新しい検診台が入ったんです！」

女性看護師が嬉《うれ》しそうに言った。

「本当？」

「先ほど業者が運び入れてくれました」

「中にあるの？」

「はい！」

やっと新しい検診台が——。

使いやすい最新の検診台を購入してくれるよう、何度も病院に要望していたのだ。

真理亜は心を躍らせながら診察室に入った。

真っ先に目に飛び込んできたもの——。航空機の座席のような、大型の検診台だった。機械的なのに、丸みのあるフォルムで、ピンクの座面と背もたれが優しい印象を醸し出している。

真理亜は検診台に歩み寄り、撫《な》でながら機能を確認した。

ワイヤレスのフットスイッチだ。ワンタッチでフラットポジションに移行できる。コードが邪魔にならず、患者の処置もしやすくなるだろう。汚水トレイは樹脂製だから腐食にも強い。着脱式なので、手入れも簡単だ。

真理亜は実際に座ってみた。柔らかなクッションが雲のように全身を包み込んでくれる。

これなら患者もリラックスして検査を受けられるだろう。諦めずに要望し続けて良かった。

産婦人科は常に患者ファーストでなければいけない。おなかの中に胎児の命も抱えているのだ。

真理亜は検診台から降りた。

「いいわね」

女性看護師が答えた。

「でしょう？　良かったですね、先生！」

「ええ。前の検診台はずいぶん古くなってたしね」

「旧タイプでしたもんね」

この『江花病院』は外科や脳神経外科に力を入れており、産婦人科を軽視している。赤ん坊は放っておいても生まれるとでも思っているのか、患者のための要望も後回しにされる。

無理解な院長に直訴したことも一度や二度ではない。

出産がどれほど命懸けか。

――産婦人科こそ、命の現場だ。

真理亜は気合を入れた。

「さあ、今日も一日頑張りましょう」

真理亜は資料やカルテを整え、診察の準備をはじめた。

最初の患者が診察室を訪れた。二十八歳の妊婦だ。彼女はおなかを抱えるようにして、にこやかにほほ笑みを浮かべている。

「おはようございます、先生」

「おはようございます。体調はどうですか？」

「毎日おなかが重くて重くて。まるで大きなスイカを入れてるみたい」

「お子さんが順調に育っている証拠ですよ。どうぞ検診台に座ってください」

「はい」

妊婦は「よいしょ」と言いながら検診台に座った。真理亜は丸椅子に腰掛け、話しかけた。

「旦那さんはサポートしてくれていますか？」

「お風呂掃除とか、力仕事は全部、夫が。毎日、メールで『調子はどうだ？』『大丈夫か？』って」

「旦那さんもお仕事しながら頑張ってくれているんですね」

「友達は、妊娠しても夫が全然気遣ってくれないって愚痴ばっかりだったから、うちはどうかな、って心配でしたけど、早くから妊娠や出産のことを調べて、色々してくれてます」

「理解がある旦那さんで良かったですね」

「先走りすぎることもありますけど」妊婦は苦笑いした。「だって、もう赤ちゃんの行事を調べてるんですよ？　お宮参りする神社の場所を調べたり、初節句のために大きな雛《ひな》人形を予約したり」

呆《あき》れたように漏らしながらも、声は嬉しげだった。彼女自身、出産を待ちわびているのが分かる。

妊婦はまん丸く張り出した腹部を撫でた。命を慈しむように、優しく――。

「ゆうちゃんが暴れてる」

「元気なお子さんですね。どうですか。具合が悪かったりはしませんか？」

「体調が悪かったりすることはないですけど……胃もたれがあって、食欲が少し落ちてます。駅からここまで歩いてくるだけでも、息切れしちゃって。体力には自信があったんですけど」

「今の時期はよくあるんですよ。赤ちゃんが大きくなると、子宮も大きくなりますし、胃や心臓や肺が圧迫されて、そのような症状が出るんです。ひどくはないですか？」

「今のところは」

「そうですか。膀胱《ぼうこう》や直腸が圧迫されると、頻尿や便秘がひどくなることもありますから、少しでも気になることがあったら教えてくださいね」

「そうなんですね。覚悟しておきます」

「では、赤ちゃんの様子を見てみましょうね」

真理亜は検診台を軽く倒すと、超音波《エコー》検査の準備をした。妊娠中期からは経腹法――おなかの上からエコープローブを当てる方法――で検査する。これなら下の服を脱がなくても行える。

「少しヒヤッとしますからね」

真理亜は妊婦のマタニティウェアをまくり上げると、腹部にゼリーを塗った。超音波の通りを良くするためだ。

エコープローブを腹部に当てると、胎児の姿がモニターに映った。

「ゆうちゃん……」

妊婦の笑みが深まった。

「すくすく育ってますね」

胎児が映し出されるエコー映像には、アルファベットと数字が表示されている。妊娠週数《AGE》、推定児体重《FEW》、胎嚢《GS》、頭殿長《CRL》、大腿骨長《FL》、羊水量《AFI》などが数値化されているのだ。

「ほら、見てください」真理亜は画面を指し示した。「赤ちゃんの目も鼻も口も、はっきり見えるでしょう？」

「はい」

「顔立ちも分かりますし、もう体の機能は全部整ってますから、後は生まれてくるだけです」

「最初は豆粒みたいだったのに――」

彼女の瞳には涙が滲んでいた。

母子ともに健康で安心する。

「そろそろ入院を考えたほうがいいですか？」

「とても健康で順調ですから、入院は必要ないと思いますよ」

「陣痛だって気づかなかったら、どうしましょう？」

彼女の顔には若干の不安が表れていた。真理亜は安心させるように、ほほ笑みを返しながら答えた。

「気づかない程度の痛みなら陣痛ではないので、心配はいりませんよ。陣痛が来たと思ったら、間隔を計ってください。痛みが来た瞬間から、それがおさまって、次の痛みが来るまでの間隔です。十分以内の収縮がずっと続くようになったら、お産の開始です。前駆陣痛で十分以内の腹痛が消えるケースもありますので、気になったらすぐ病院へ」

「初産《ういざん》なので不安が……。陣痛が強かったらどうしたらいいんですか？」

「難しいでしょうけど、リラックスするようにしてください。体が緊張していると、痛みを強く感じてしまいますから。横になるとか、何かにもたれかかるとか、楽な姿勢を探してください。腰のマッサージなんかも効果的です」

「分かりました。ところで、先生、陣痛が来たとき、病院に来る前に入浴してもいいんですか？」

「余裕があればシャワーくらいは構いませんが、浴槽入浴は避けてください。赤ん坊への細菌感染の危険がありますから」

「……分かりました。出産前に綺麗《きれい》にしておきたいって思ったんですけど」

「破水していたら、極力歩かないようにしてくださいね。体を動かすと、羊水がどんどん出ちゃうので、車の中で横になって移動するほうが望ましいです」

「夫が仕事中ならタクシーを呼びます」

「そうしてください」

真理亜は彼女の腹部のゼリーを拭った。フットスイッチを操作し、検診台の背もたれを起こす。

「先生――」妊婦が不安そうに訊《き》いた。「陣痛が起きたとき、子宮が圧迫されて赤ちゃんが苦しくなったりしませんか？」

「羊水が赤ん坊を守ってくれるので、大丈夫ですよ。子宮収縮で圧迫されたりはしません」

「そうですか。良かった」

彼女はほっと安堵《あんど》の息をついた。

「いよいよですね。一緒に頑張っていきましょう」

真理亜は十五分ほど診察を続けた。彼女は礼を言い、診察室を出て行った。それから二人目、三人目と診察する。

一息ついたのもつかの間、助産師から呼び出しを受けた。

「水瀬先生！　陣痛室にお願いします」

彼女の表情で緊急だと分かった。

真理亜は陣痛室に駆けつけた。ドアを開けると、小豆《あずき》色の病院着の妊婦がベッドの上でうめいていた。傍らでもう一人の助産師が対応に当たっており、付き添いの夫が心配そうにおろおろしている。

妊婦は三十二歳で、一回の流産歴がある。妊娠中に合併症はない。昨日の午前六時ごろから、十二分間隔で子宮収縮があり、七時半に入院している。

「バイタルサインは？」

真理亜は助産師に尋ねた。四十代後半の彼女は経験豊富だ。焦ることなく、的確に答えた。

血圧は上が九十二で、下が六十八。心拍は百十八回。呼吸は一分に三十八回――。

「胎児心拍は頻脈です」

「先生！」夫が汗まみれの蒼白《そうはく》な顔を向けてきた。「妻と赤ん坊は大丈夫なんですか！」

「落ち着いてください」真理亜は妊婦の子宮口を確認しながら答えた。「旦那さんが慌てふためくと、奥さんが不安になります」

「で、でも――」

子宮口は八センチ。中量の出血がある。

真理亜は超音波検査を準備しながら助産師を見た。

「状況と経過は？」

「入院時の内診所見だと、子宮口の拡大は三センチ。ステーションはマイナス3でした」

児頭――胎児の頭の下降度は『station』で示す。頭の先端が坐骨棘《ざこつきょく》間線より上に一センチあると、『マイナス1』だ。下に一センチだと、『プラス1』になる。

「それから？」

真理亜は続きを促した。

「入院から六時間で陣痛が強まりました。子宮口が六センチに拡大し、約三分間隔で子宮が収縮するようになったので、陣痛室に入室。翌日の今朝、午前八時半から下腹部の痛みの訴えあり。自然破水と少量の出血」

「了解。とりあえず、『3号液』の点滴を」

『3号液』――維持液は水分と電解質の補給に用いる低張電解質輸液だ。

点滴をしたが、バイタルは一向に良くならなかった。

胎児心拍モニターを用いると、胎児の心拍が落ちており、そのまま戻らなかった。高度遅発一過性徐脈だ。すぐさま行った経腹超音波検査で、胎盤下血腫を発見した。

「早剝の疑いがあります。緊急帝王切開を行いましょう」

夫が絶句した。だが、妻と真理亜を交互に見ると、何とか自失状態から立ち直った。

「帝王切開って――手術するんですか？」

「そうです」

真理亜は夫に状況を説明すると、助産師に帝王切開の準備を伝えた。

「グレードA！　手術室に搬送！」

ストレッチャーが到着すると、分娩《ぶんべん》手術室に運んだ。その途中で母体に意識障害が現れた。

「輸液を速めて昇圧薬の投与！」

不適合輸血を防ぐため、交差適合試験《クロスマッチ》採血も指示する。

「それからＢＶＭ！」

ＢＶＭ——人工呼吸器具《バッグバルブマスク》を妊婦に装着した。バッグ部分を揉《も》むことで換気を行うのだ。

真理亜は手術着に着替え、分娩手術室に踏み入った。小児科医師、助産師、麻酔医、新生児特定集中治療室《NICU》の看護師、手術室看護師、手術助手、助《すけ》っ人《と》の産婦人科医が待機していた。

一様に緊迫した顔をしている。

胎児の心拍は戻らない。

麻酔医が「全身麻酔ですか。硬膜外麻酔ですか」と訊く。

「全身麻酔でお願いします！」

超緊急時は産科医が麻酔方法を決定する。

経膣《けいちつ》分娩が困難な場合にあらかじめ手術日を決めて行う予定帝王切開と比べて、容体の急変による緊急帝王切開は緊張感が段違いだ。心の状態を一瞬で整え、全神経をメスに集中しなければならない。指に命がかかっている。

今はただ、母子の命を救うことだけを考えていた。

「麻酔かかりました！」

麻酔医が言うと、真理亜は緊急帝王切開をはじめた。

切開の方法は——縦だ。

「開腹！」

真理亜は、臍《へそ》の下から恥骨に向かって縦に皮膚を切った。

今回は皮膚を横に切る『下腹部横切開』ではなく、縦に切る『下腹部正中切開』を選択した。

切開が腹腔内に至ると、子宮は大量出血で赤黒く変色していた。血性羊水があふれ出る。

妊婦は『常位胎盤早期剝離』だった。胎盤が胎児摘出前に剝がれてしまっているのだ。最悪の場合、大量出血で母体が死亡することもある。

切開から三分も経《た》たず、真理亜は濡《ぬ》れ光る胎児を取り出した。だが、ぐったりして、まったく泣かない。

「蘇生《そせい》を！」

真理亜は胎児を胎児救命チームに引き渡した。子宮を強く押さえつけて圧迫止血を試みている途中で産声を耳にした。

2

手術が無事に終わった。ほんの一時間弱で一日分の精神力を消耗した。

赤ん坊は元気に泣き声を上げていた。それは——命の証だった。

母体の急変などはなく、真理亜は胸を撫で下ろした。午後二時半になると、休憩を取った。

「食事に行ってくるわね」

女性看護師が「はい、先生」と答えた。「次の診察までは時間がありますから、どうぞごゆつくり」

「ええ」

真理亜は診察室を出た。廊下は看護師や患者が行き交っている。車椅子の患者と介助する者、キャスター付きのスタンド型点滴と共に歩いている患者、見舞いに来ている家族――。

廊下を歩いていると、向こうから白衣の男性が歩いてきた。

「高森《たかもり》先生」

高森正英《まさひで》は「ああ、水瀬先生……」と軽く応じた。黒髪は若干乱れており、白衣も皺が目立つ。

三十三歳の彼は同期で、同じ医学部で学んだ仲だ。大学時代はグループで何度か一緒に飲んだことがある。

彼は鼻梁《びりょう》が高く、顔立ちが整っている。笑うと目尻に皺ができて柔和な印象が強まる。患者に安心感を与える笑顔だ。だが、今の彼の顔には疲労が滲み出ていた。

「高森先生もこれからお昼？」

「ようやく一段落してね」

「せっかくだし、一緒にどう？」

高森は少し考える顔をした後、黙ってうなずいた。

二人で一階の食堂へ移動した。食券を購入して定食を受け取り、テーブル席に着く。

高森はほうれん草を口に運びながら言った。

「そっちは手術だったって？」

「ええ。早剣で帝王切開」

「母子は？」

「無事」

「そっか。お疲れ様」

「ありがとう」

真理亜はサバの煮つけを食べ、緑茶を飲んだ。

「……こっちは人手不足で毎日あっぷあっぷよ」

高森は同情心たっぷりに答えた。

「まあ、産婦人科はなあ……」

産婦人科医の平均年収は外科医を超えるが、激務のうえに訴訟リスクが高く、敬遠されがちだ。どの病院も全国的に深刻な産婦人科医不足に喘《あえ》いでおり、負担が日々増している。

「高森先生がこっちに来てくれると助かるんだけど」

冗談めかして言うと、高森は苦笑した。

医学部時代は彼とよく命について議論した。高森は患者と根気強く対話し、常に何が最善か考えている。

「高森先生のほうは例の寝たきりの――」

「岸部《きしべ》愛華《あいか》さん」

「そう、岸部さん。半年以上彼女の担当をしているんでしょう？」

「……ああ。七ヵ月になる」

真理亜は高森の顔を窺《うかが》った。彼は煮物を突っつきながら、難しい表情をしていた。

「良くないの?」

高森は小さくため息をついた。

「治る見込みが……ね」

声に無力感が滲み出ている。

「まだ若いんでしょう?」

「二十二だよ。彼女のことを想《おも》うと、胸が苦しくなるよ」

「交通事故だっけ」

「ああ。見通しが悪い山道を車で走っていて、カーブを曲がりきれずにガードレールを突き破って、崖下の海へ転落したらしい」

憐憫《れんびん》の情が込み上げてくる。

「事故が原因での『閉じ込め症候群《ロックドインシンドローム》』だ」

閉じ込め症候群――。

文字どおり、意識を体の内側に押し込み、施錠《ロック》したようになる症状だ。脳卒中や梗塞、脳出血などが原因で、完全に四肢が麻痺《まひ》し、表情を変えることも、言葉を話すこともできなくなる。しかし、認識能力や精神機能は影響を受けないため、患者は意識があり、外の世界を見聞きできる。

「こういう場合、意識があるのとないの、どっちがましなのか、分からなくなる」

高森は思い詰めた表情で独り言のように言った。

「彼女は果たしてこの先何かに幸せを感じられるんだろうか」

脳死患者のように全く身動きできないのに、意識だけはっきりと存在している。それはどれほどの絶望なのか――。想像もつかない。

真理亜は箸を置いた。体は空腹を感じているにもかかわらず、食欲は減退していた。

「水瀬先生はどう思う？」

「え？」

「患者の意思はどこまで認めるべきかな」

「言っている意味が――」

「ごめん、言葉足らずだったね。彼女には確実に意識がある。概念的なものや、身体反射的なものと違って、ね。そんな彼女がもし――」

高森は言葉を濁した。

「――死を望んだとしたら？」

真理亜は声を抑え気味にして、続きを引き取った。

「あっ、いや――」

高森は視線をさ迷わせた。

「でも、彼女は声も出せないんでしょう？」

「ああ」

「それなら本心は分からないでしょ」

「……たとえば、の話だよ。彼女の心を覗く術《すべ》があったとして、そういう倫理的に難しい懇願を受けたら、担当医としてどうすればいいのか。毎日考えるよ」

「彼女は生を諦めるには若すぎる。でしょう？」

高森の瞳には悲嘆の色が渦巻いていた。無意味に箸で煮物を転がしている。

「若いからこそ不憫《ふびん》だよ」

「ええ」

「……彼女の希望は何なんだろう。僕は悩んでいる。指一本動かせない彼女は何を生きる糧にするのか」

「変なこと考えないでね」

高森は自嘲が籠った苦笑を漏らした。

「……分かってるよ」

高森は安楽死肯定派だ。薬で命を奪う『積極的安楽死』はもちろん違法だから、彼も実行したことはないだろうが、患者が死で救われるなら――と考えている。だからこそ、逆に命を誕生させる産婦人科医になってほしい、と思っていた。だが、彼の興味は脳にあり、脳神経外科医の道を選んだ。

――脳はまだまだ未知で、不思議で、研究し甲斐《がい》がある。

彼は以前そう言った。

高森は煮物を口に運び、しばらく顎を動かし、飲み込んだ。顔を上げ、言う。

「十年ほど前、英国医師会が発行するオンライン医学誌で、ある調査結果が発表された。閉じ込め症候群患者百六十八人への聞き取り調査の結果だ」

「それで？」

「全ての質問に回答できた患者のうち、七十二パーセントが生きていて幸せだと答えた。不幸だと答えた患者は二十八パーセントだった。そのうち、自殺したいと答えたのは四パーセントだ」

意外な数字だ。

「閉じ込め症候群患者の安楽死問題に一石を投じるデータじゃない？　人はどんな形でも生きたいと思うってことじゃないの？」

「……どうかな。僕は聞き取り調査の正確性に疑問があるよ」

「不充分なの？」

「全ての質問に回答できた患者は、六十五人だけだったんだよ。統計を取るには少なすぎる。そう思わないか？」

「それは、まあ……」

「しかも、回答者の三分の一は自宅に住んでいて、パートナーもいて、信仰があった。あるいは、子供がいたかもしれない。愛すべき存在がいれば、人は死のうと思わないものだよ。救いがあったんだ」

「岸部さんは天涯孤独ってわけじゃないんでしょう？」

「……両親はいるよ」

「支えになってる？」

高森は渋い顔でまぶたを伏せた。その表情で察した。

「閉じ込め症候群は回復の見込みが薄いんでしょう？」

「……残念ながら、ね」高森は難問に直面したような顔で唇を結んでいた。「多くの場合は死に至る。ただ、数少ないけれど、神経症状が回復するケースもあるし、中には三十年近く生存したケースもある」

「厳しい現実ね」

「二〇一二年のロンドンで五十代の閉じ込め症候群患者が亡くなった。安楽死の権利を求めていた裁判で主張が認められず、全ての栄養補給を拒否したんだ」

抗議の死――か。

胸が痛む。

「表情も変えられない。指一本動かせない。声も出せない。そんな絶望の中でも生きていたいと思うような希望はあるだろうか」

問いかけられても答えは出ない。命の問題はいつだって――難問だ。数学のように決まった答えがあるわけではない。

食事中、高森の顔が晴れることはなかった。

3

真理亜は男女共用の宿直室に入った。三畳程度だ。両腕を伸ばせば壁と壁に触れられそうなほど横幅は狭い。皺だらけのシーツが敷かれた簡易ベッドと、木製の机が置かれている。机の上には、数冊の漫画本に交じって成人誌がある。

真理亜は嘆息すると、成人誌の上に漫画本を積み、女性の裸が描かれた表紙を隠した。

疲労で体が重かった。肩の筋肉も張っている。

産婦人科医の当直回数は、内科や外科など他の医師の二倍だ。毎日のように当直を担当しなければいけない病院もある。分娩のタイミングは予想がつかないから、オンコール勤務も多いのだ。

宿直室は少し肌寒かった。

真理亜はエアコンのリモコンを手に取り、暖房の温度を二十度に設定した。

白衣を壁のフックに掛けると、スマートフォンでメールをチェックし、必要な返信を行ってからベッドに横たわった。

少しでも仮眠をとらねば——。

宿直室での仮眠も、数え切れないほど続けるうち、慣れてしまった。

部屋の電気を消して目を閉じると、まぶたが急激に重くなった。意識が闇の中に溶け込んでいく。

金縛りに遭う夢を見た。全身が鎖で縛りつけられているかのようで、身動きが取れない。

そのとき、ノックの音が耳に入り、一瞬で意識が覚醒した。

真理亜は布団を撥《は》ねのけ、飛び起きた。ノックはコール音に次ぐ目覚ましだった。

急患か、急変か、突然の分娩か——。夜中の呼び出しは、大抵、重大だ。

緊張が全身に走る。

ドアが開き、小柄な女性看護師――川村明菜《かわむらあきな》が顔を出した。表情に緊張が滲み出ている。

「水瀬先生」

「どうしたの」

「十五号室の患者さんの膣から不正出血がありました。嘔吐《おうと》もあります。喉が詰まる寸前でした。もしあと少しでも気づくのが遅れていたら――」

川村看護師は自らの言葉で恐怖を覚えたように、身震いした。深刻な表情で唇を結んでいる。

「患者の名前は？」

川村看護師は一呼吸置き、答えた。

「岸部愛華さんです」

岸部愛華――。

高森が担当している閉じ込め症候群の患者だ。自力で嚥下《えんか》できないから、高齢者と同じで吐いたら喉に詰まる。不正出血もあったなら担当看護師が気にするのも無理はない。

「診《み》ましょう」

「よろしくお願いします、水瀬先生」

真理亜は白衣を羽織ると、宿直室を出た。川村看護師の後をついて行く。

二人で三階に上がった。薄暗く沈んだ廊下を歩き、愛華の病室へ向かった。ドアを開けると、冷たい蛍光灯の白光が照らす中、愛華はベッドに仰向《あおむ》けのまま天井を見つめていた。

ベッドに歩み寄り、愛華を見下ろした。

美しい顔立ちだった。化粧をすれば際立つだろう。だが、今はその美しさも翳《かげ》っている。表情を変えられないせいで、能面のように見える。喜怒哀楽の表情がいかに人の印象を左右するか実感した。

「先生、これです」

川村看護師が布団を静かにめくり上げた。パジャマのズボンの股の部分が赤く濡れていた。

生理不順か、それとも——。

「検査しましょう」

真理亜は川村看護師に指示を出し、移動式の経腹・経膣超音波装置を持ってきてもらった。

「……心配しないでくださいね」真理亜は愛華に話しかけた。「簡単な検査をするだけですからね」

当然、返事はない。

感情が窺い知れない瞳が天井に向けられているだけだ。まぶたが痙攣《けいれん》するようにぴくぴくした。

「少し冷たいですよ」

真理亜は彼女の腹部にゼリーを塗り、エコープローブを当てた。モニターを確認しながらゆっくり動かしていく。

それを見つけたとき、真理亜は自分の目を疑った。

白黒の画像の中では——胎児が息づいていた。

寝たきりで指一本動かせない愛華は、妊娠していた。

4

閉じ込め症候群《ロックドインシンドローム》の岸部愛華が妊娠――。

その事実が何を意味しているのか。

真理亜はごくっと唾を飲み込んだ。

聴診器を使っているかのように、駆け足になった自分の心臓の鼓動が体内で大きく響いていた。脂汗が額から滲み出て、眉間から鼻の脇を伝い、したたり落ちる。

「先生、それ……」

川村看護師の緊張した声がした。

横目で見ると、彼女もモニターを凝視していた。黒い袋の中に白い胎児の姿が映っている。

頭殿長は三センチだ。体重は十グラム。大きな豆のような形で、頭と胴がはっきり分かり、新芽のような小さい手足が出ている。

真理亜は立ち上がり、ベッドから離れた。愛華のそばで話す内容ではない。

川村看護師が歩み寄ってくる。

「先生、あれって、あれですよね」

彼女は囁き声で言った。単語を口にすることに怯えているのだろう、抽象的な言い方をした。

真理亜は川村看護師を真っすぐ見返した。現実を否定できるなら否定したい気持ちがある。

だが、目を逸らしたとしても、現実は現実だ。

「……彼女は妊娠してる。十週よ」

「ま、待ってください、先生」川村看護師の声は動揺に揺れていた。「彼女が事故に遭って運ばれてきたのは、七ヵ月前ですよ」

「ええ」

つまり、彼女が元気だったころに妊娠したわけではない。閉じ込め症候群になってから妊娠した。

「それって――」

真理亜は慎重にうなずいた。

「彼女は――」

レイプされた――。

残酷すぎる事実は口にできなかった。あまりにおぞましく、理解の範疇《はんちゅう》を超えている。

真理亜は白衣をぎゅっと握り締めた。鉛を飲み込んだように胃の辺りがずしんと重くなった。

産婦人科に診察に訪れるのは、必ずしも望んで妊娠した女性ばかりではない。中には避妊してくれなかった恋人のせいで妊娠してしまったり、性犯罪に遭って妊娠してしまったり――。

そんなとき、苦しむのは女性だ。肉体的にだけでなく、精神的にも。

「……先生」川村看護師が訊いた。「愛華さんの嘔吐は、つわりだったってことですか?」

「そうだと思う。八週から十一週ごろがつわりのピークだから」

「信じられません。どうしてこんなことが……」

返すべき言葉が見つからず、真理亜は黙ってうなずいた。

欧米では、昏睡《こんすい》状態の女性患者が妊娠した事件も起きている。腹が膨れたことにより、発覚したのだ。ニュースを目にした記憶がある。まさか日本の病院で同じような事件が起きるとは夢にも思わなかった。

そう、これは事件だ。

「どうしましょう、先生」

頭の中がぐるぐる回る。思考があちこちに飛び、考えが纏《まと》まらない。

一介の産婦人科医には抱えきれない。手に負える問題でもない。これは警察が動く事件だ。

「先生」

川村看護師が詰め寄った。

真理亜は大きく息を吐いた。それでも緊張は抜けなかった。全身が強張《こわば》っている。

性犯罪なのだから、当然、警察に通報しなければいけない。非親告罪の強制性交等罪は、起訴に被害者の告訴が不要だ。事件化すれば、愛華の意思を無視して周りが動くだろう。

何が彼女のためになるのか。

愛華のことを最優先に考えなければいけない。警察沙汰になれば、彼女は自分の身に起こったことを知ってしまう。

真理亜は唇を噛《か》みながら、愛華を見つめた。指一本動かせず、表情が変わらない顔で虚空を睨んでいる。

愛華を眺めるうち、おぞけが這《は》い上ってきた。

寝たきりで一切の反応を示せない状態でも、目は見えるし、耳も聞こえている。意識もしっかり存在している。

なぜ彼女が自分の身に起きたことを知らない前提で考えていたのだろう。

自分が何をされたか知っているとしたら——。

悪夢だ。

一人きりの病室のドアが開き、男が入ってくる。男が布団を剝ぎ取り、衣服を脱がし、そして——。声も出せない彼女は、その光景をただ見つめているしかない。事が終わるまで——いや、終わってからもずっと人形になっている。彼女にできる唯一の抵抗は、おそらく瞳に涙を浮かべることだけ——。

真理亜は強く拳を握り締めた。爪が手のひらに食い込む。デリケートな母体と赤ん坊を扱う産婦人科医として伸ばさないように注意している爪でも、皮膚を裂きそうだった。

許されていいことではない。

真理亜は川村看護師を見た。

「愛華さんに何か異変はなかった?」

「異変——ですか?」

「異変っていうか、何ていうか……表現が難しいけど、看護していて気づいたこととか」

川村看護師は渋面で首を捻《ひね》った。質問の意味が分からないのではなく、記憶を探っているのだ。

真理亜は黙って待った。重い空気がのしかかり、立っているだけで息苦しさを覚えた。

やがて川村看護師が慎重な声で答えた。

「何も――ありません」

「何も？」

「すみません。ご質問が抽象的すぎて……」

「ううん、私こそごめんなさい。その……彼女に意識があるなら、自分がされたことを知っているんじゃないかって思ったの」

薬で眠らされているのでもなければ、襲われて気づかないということはありえない。

「何をされたか知っているなら、信頼している医師や看護師にそのことを伝えようとしたんじゃないか、って」

川村看護師は質問の意味を理解したようにうなずいたが、それでも答えは変わらなかった。

「私はずっと看護してきましたが、そういうことを匂わせるような反応は何も。愛華さんは指一本動かせませんし、私もこんなことは想像もしていませんでしたから、もし何か訴えようとしていたとしても、見落としてしまったかもしれません」川村看護師は唇を嚙み締めた。「看護師――失格ですね」

彼女の表情には悔恨と苦悩が滲み出ていた。

真理亜は川村看護師の肩に手を添えた。

「あなたのせいじゃない。誰だって想像できないもの」

彼女は弱々しく首を横に振った。

「それでも、気づくべきでした。気づかなきゃいけないことだったんです。彼女に一番近い看護師として」

瞳には涙の薄膜が張っていた。

「……彼女の目をじっと見つめていると、感情を読み取れたかも、って思う瞬間があるんです。確かめることができないので、それが私の勝手な思い込みなのかそうではないのか、分からないんですが……。ときどき、彼女は今こういう気持ちなんじゃないか、って」

川村看護師はそこで黙り込んだ。

「うん」真理亜は続きを促した。「それで？」

「悲しそうだったり、苦しそうだったり――。彼女からポジティブな感情を感じたことがありません。だから、彼女がレイプ――」『レイプ』という単語だけは、息遣いに流されそうなほど弱々しい小声だった。「――された苦しみを目で訴えていたとしても、寝たきりになってしまった現状への感情だと思い込んで、私は深く考えませんでした。毎日の看護に慣れてしまったせいで――」

看護がルーチンワークになりつつあった、ということだ。

経験を積めば積むほど、要領よくこなすようになる。それは決して悪いことではないが、想定外の病気に繋がるわずかな異変を見落とすリスクも高めてしまう。

だからといって、彼女を責めるのは酷だ。彼女がいい加減な看護をしていたとは思えない。

「先生、どうすれば――」

川村看護師は苦悶《くもん》に押し潰されんばかりの表情をしていた。

即答はできなかった。

性犯罪はきわめてデリケートだ。第三者が正義感で突っ走ることが正しいとはかぎらない。

記憶に蘇《よみがえ》ってくるのは、二年前の事件だった。

女子高生が女友達の付き添いとともに診察に訪れた。高校の先輩に無理やり襲われて妊娠したから中絶したいという。だが、彼女が未成年だったことが問題を複雑にした。

人工妊娠中絶手術は、母体保護法に基づいて行われる。年齢に関する記述はないから、厳密には未成年でも自分の意思だけで中絶できるはずだ。

だが――。

未成年者の同意は法律上の同意として認められるかどうか、という問題もあり、未成年者の意思で中絶手術を行うと、後々、保護者から訴えられるリスクがある。そのため、『江花病院』では、未成年者の中絶手術には、最低限、保護者の同意を得るように決められていた。

真理亜は女子高生にそう説明した。

彼女は縋《すが》るような表情で、「両親は訴えたりしません。だからお願いします」と懇願した。

彼女の事情を考えると、助けたい気持ちはあった。だが、病院の規則は無視できなかった。

「レイプされたなら警察に通報しなきゃ……」

「警察はいや！」

女子高生は感情的に叫んだ。

「これは犯罪なのよ。通報したら犯人は逮捕されるし……」

「やめてください！　私はそんなこと望んでません！」

「でもね――」

「大袈裟にされたら困ります」

「犯人は放置できないでしょう？」

心の中には、何もしてあげられない後ろめたさがあった。彼女のことを考えたというより、自分への言いわけの気持ちのほうが強かった。警察への通報でそんな罪悪感が薄れると考えたのかもしれない。今なら分かる。

「警察沙汰になったら、いろいろ訊かれて……。絶対に面倒なことになります。そんなの、いやです」

「これは犯罪なのよ」

「じゃあ、いいです！　もうなかったことにしてください！」

彼女は追い詰められた表情で言い放った。その必死な姿を見たら、それ以上、何も言えなかった。

結局、処置できないまま、「親御さんにちゃんと話してから来て」とお願いして帰すしかなかった。

彼女の顔を思いがけず見ることになったのは、二週間後の夜のことだった。

彼女が緊急搬送されてきたのだ。ストレッチャーに乗せられた彼女の服は血まみれで、顔も蒼白だった。

なぜ彼女が——。

最初に考えたことは、胎児に何かがあった可能性だ。

「——私が助けます！」

進み出たとき、年配の医師に撥ねのけられた。食い下がると、彼女は自ら手首を切って運ばれてきたのだと教えられた。

自殺――？

なぜ？

疑問符が頭の中を駆け巡った。

レイプされ、魂を殺されたから死を望んだのだと考えた。それほど絶望したから――。

一命を取り留めた女子高生の病室を訪ねた。彼女は両親にも自殺未遂の理由を話そうとしなかったと聞き、事情を知っている自分なら――と思ったのだ。

「どうしてこんなことをしたの？」

想像はつくが、あえて彼女の口から聞きたかった。

優しく問いかけると、女子高生は目を逸らし、しばらく迷いを見せてから答えた。

「学校に居場所がなくなって……」

彼女は穴の底でもがくような表情で、ときおり嗚咽を漏らしながら、ぽつりぽつりと語りはじめた。

発端は、付き添いの女友達の〝ツイート〟だった。

中絶が叶《かな》わなかったあの日、女友達は彼女以上に憤っていたという。『被害者がこんなふうに苦しまなきゃいけない規則なんて間違ってる！』と繰り返した。

それを知ったのは、翌日の学校でだった。

「見て見て！」

女友達が興奮した口ぶりでスマートフォンの画面を見せてきた。そこには女友達のSNS《ツイッター》アカウントがあり、一つのツイートが表示されていた。

『高校の友達が先輩にレイプされて妊娠した。産婦人科に行ったけど、親の同意がないと中絶できないって言われて、追い返された。親に言えるわけないよ。被害者を無視したこんな規則、絶対におかしい！　犯人も捕まってないし、怒りに震える！』

共有数《リツイート》は一万二千、『いいね』は三万を超えていた。

「え？　何これ――？」

彼女は戸惑い、慌てた。

「ツイートしたらこんなにたくさん共感してくれたんだよ？」

女友達は心底嬉しそうに言った。

「……こんなことされたら困る」

訴えたが、女友達は悪びれた様子もなく、平然と答えた。

「名前が出てるわけじゃないし、問題ないでしょ。世の中の人がこんなにたくさん共感してくれたことが一番大事じゃないの？」

「ツイッターに晒すなんて……。私、こんなことしてほしいなんて言ってないよ」

「晒すって何？　みんな、味方でしょ？」

「顔も名前も知らないネットの人たちなんて、赤の他人だよ」

「あなたのためにしたのに」

「私のためって言うなら、勝手にこんなことしないでほしかった……」

話は平行線だった。

これが原因で女友達とはぎくしゃくするようになった。

このときの彼女はまだ知らなかった。ネットの中で犯人捜しがはじまっていることを――。

事態が急変したのは、わずか五日後のことだった。女友達のフォロワーが特定の高校の生徒に偏っていたことなどから、通っている高校にあたりがつけられ、彼女の過去のツイートの数々の内容でそれが確信に変わった。文化祭の写真に写った校舎の一部や、部活動の躍進の話題などなど――。

高校名はあっという間に特定されてしまった。

『犯罪者を野放しにするな!』

『レイプ犯を退学にしろ!』

『学校は加害者を庇うのか!』

高校に怒りの電話やメールが相次いだ。

抗議や糾弾を行っている人々にあったのは、犯罪者を赦《ゆる》さないという義憤と正義感だろう。

だが、ネット上で学校名が飛び交ったことにより、生徒たちも騒動を知った。その結果、学校内で被害者のほうが特定されてしまった。

性犯罪の被害者として見られることに耐えられなくなり、苦しみ、手首を切ったという。

根気強く話を聞き、信頼を築いて聞き出した事情によると、レイプは嘘だった。

彼女は高校の先輩と交際しており、体の関係を持った。そのときは避妊を強く言えなかった。

生理が遅れて妊娠に気づき、彼女は思い悩んだという。妊娠が知れたら彼に嫌われてしまうと考えた。そこで、彼に内緒で中絶しようと決意した。

だが、最初に相談した病院が規則で中絶に配偶者やパートナーの同意が必要としていたため、法的にもそうなのだと思い込み、このままでは中絶できないと思い詰めた。切羽詰まった彼女はネットの質問サイトで相談し、性犯罪による妊娠なら男側の同意がいらないとアドバイスされた。

一人だと不安なので、女友達に嘘の理由を話し、産婦人科に付き添ってもらった。

それが事の顚末《てんまつ》だった。

真相を知った真理亜は啞然《あぜん》とした。

実際問題、彼女のような例は皆無ではなかった。一九九六年には、厚生省が『和姦《わかん》によって妊娠した者が、この規定に便乗して人工妊娠中絶を行うことがないよう十分指導されたい』という内容の通達を出している。この文言は当時、問題視されている。

法律は完璧ではなく、常に功罪があり、だからこそ難しい。法解釈は医者の本分ではない。医療従事者に、強姦かどうかの認定をせよ、と迫られても、無理だ。

真理亜は追想から戻ると、嘆息した。

あのときの一件から学んだことは、自己満足ではない、被害者ファーストの難しさだった。

正義感からの行動が被害者を苦しめ、追い詰めることもある。性犯罪の事実を知って無視はできないが、被害者や家族を第三者のように扱うわけにはいかない。

真理亜は愛華を見つめた。

意思を確認できない被害者の場合、どうすればいいのか。

誰が意思決定するのか。

三カ月ほど前、高森と話したときに考えたことが脳裏に蘇る。

意識不明の患者なら家族が意思表示する。だが、意思を伝える術がないだけで、ちゃんと意識がある患者の場合は誰がどう意思表示する――？

真理亜は川村看護師を見た。

「……これは誰にも口外しないで」

「で、でも、先生――」

「デリケートな問題だから、噂《うわさ》が広まることは避けたいの」

病院内で噂がどれほど早く拡散するか知っている。態度の悪い患者の情報も看護師間では一瞬で共有される。看護師と交際している医師の話が患者に伝わっていたり――。

「高森先生には――」

「高森先生には私から伝えるから」

担当医には真っ先に話さなくてはならない。

今夜はもう眠れそうにない。

5

院長室は権威の象徴のようだった。医学書の詰まったキャビネットが両脇に置かれ、中央に重厚なマホガニー製のプレジデントデスクが鎮座している。部屋を明るませている朝の陽光は透き通り、無垢《むく》の象徴のように見えたが、それに反して心の中はどんより曇っていた。

真理亜は緊張したまま、デスクの前に立っていた。隣には高森が並んでいる。大河内《おおこうち》院長は恰幅《かっぷく》のいい体形をアームチェアに押し込んでいた。頰の肉づきはブルドッグを思わせる。

「……朝っぱらから珍しい組み合わせだね」

産婦人科医と脳外科医――。

同期とはいえ、普段はまったく接点がない。

産婦人科医も多忙だが、脳外科医はそれを上回る。脳外科医が必要とされるケースは多岐にわたるのだ。事故で頭を怪我《けが》して意識不明の子供が半狂乱の母に付き添われて搬送されてくるようなことも、珍しくない。自分の家族からのメールに一週間以上、返信できないこともざらだという。

高森の顔は青白く、疲労感が滲み出ている。最近ちゃんと寝られているのだろうか。

彼の心労を増やしたくはないが、現状は看過できない。病院内で性犯罪が起きたのだ。

真理亜は院長に答えた。

「高森先生も無関係ではないので……」

「ふむ」大河内院長は怪訝《けげん》そうに目の前の二人を交互に見た。「婚約や結婚の報告じゃないよね？」

真理亜は「違います」と即答した。

大河内院長は漠然とした不安を感じていて、それを誤魔化すためにわざと茶化したように見えた。病院内のトラブルは極力避けたいだろう。

大河内院長は、プレジデントデスクの天板を人差し指で軽くコツコツと突っついた。焦《じ》らしているわけではない。もったいぶっているわけでもない。あまりにおぞましすぎる現実を否定したいのだ。報告したとたん、悪意が実体を伴って襲ってくるような怖さがある。

真理亜は深呼吸で気持ちを落ち着けた。

「実は——問題が発生しました」

大河内院長がピクッと眉を反応させた。

『問題』という表現は適切ではない。単語を選んだところで事態を矮小化《わいしょうか》はできない。

「問題？」

大河内院長が厳《いか》めしい眼差しを据えた。病院内の権力を一手に握っている彼の眼光は鋭く、向き合っているだけで威圧感を受ける。

真理亜は高森を一瞥《いちべつ》した。愛華の担当医である彼にもまだ事情は話していない。

「うちで治療中の患者さんの件で——」

「君のところの？」

「いえ、高森先生の担当患者です」

隣の高森が「え？」と当惑した声を上げた。

「……岸部愛華さんです」

「岸部？」大河内院長は猪首《いくび》を捻った。分厚い顎の肉がねじれる。「閉じ込め症候群《LIS》の？」

「はい」

「彼女がどうした？」

真理亜は唾とともに緊張を呑《の》み下した。報告すれば、後は雪崩《なだれ》を打って押し流されていくだろう。だが、何をするにせよ、事態は一刻を争う。

「妊娠――していました」

大河内院長は意味を理解しかねるように眉根を寄せた。高森はその意味にすぐ気づいたらしく、動揺の表情を見せた。

「水瀬先生、それって――」

真理亜は高森にうなずいてみせた。

「昨晩、嘔吐と不正出血があったんです」真理亜は大河内院長に説明した。「担当の看護師の要請で診察したところ、妊娠が判明しました。十週です」

「彼女が運び込まれたのは――」

「七ヵ月前です」

大河内院長の表情が一瞬で険しくなった。

「妊娠は間違いないのか？」

誤診であってくれれば――と願う本音が伝わってくる。

昨晩、検査をしたときは、自分も同じ気持ちだった。ただただ彼女のために。

「間違いありません。超音波検査を行いました」

真理亜はプリントアウトした画像をデスクに置いた。胎児の姿が写っている。

「これです」

大河内院長は黙って画像に一瞬だけ視線を落とし、また顔を上げた。難病患者を前にしたような渋面になっている。

院長室内には沈鬱な空気が満ちていた。

「……事だぞ、これは」

真理亜は無言でうなずいた。

「警察には？」

「まだです」

『まだ』という表現では誤解を招きそうだったので、真理亜は「これからです」と言い直した。通報の意思はある、と示さなければ、病院が隠蔽の方向へ動きかねない。

大河内院長は高森に目を向けた。

「高森先生は、知っていたのか？」

高森は即座にかぶりを振った。

「いえ、初耳です。僕も困惑しています」

「今、初めて報告したんです」真理亜は反射的に彼を庇った。「高森先生に責任はありません。腹部も膨れていませんでしたし、知る術はなかったと思われます」

大河内院長の目に怒気が表れた。

「知る術はなかった――。禁句だよ、それは。同期を擁護したい気持ちは分かるが、医者が口にしていい台詞《せりふ》ではない」

至極もっともだった。

真理亜は「申しわけありません」と素直に謝った。

大河内院長は高森に目を据えた。

「妊娠していれば、生理はなかったはずだ。患者の体調に細心の注意を払っていたら、疑念を持ったんじゃないか？」

「それは――」

高森は言葉に詰まった。

「医師が〝今日もどうせ何も変わらない〟と思い込んでいたら異変を見つけられないぞ」

「僕の失態です」高森は頭を下げた。「気づくべきでした。もっとちゃんと診ていれば――」

院長の指摘は正論だった。

院長の言うとおり、あるはずの生理がなかったなら疑問に思うべきだったのだ。ただ、そのあたりのデリケートな部分の世話は女性看護師に任せていただろう。むしろ、担当看護師が気づかなくてはいけない問題だった。だが、愛華の状況が状況だから、生理の遅れを閉じ込め症候群の影響だと思い込んでしまったとしても、責められない。

まさか何者かが病室に忍び込んで彼女をレイプしたとは――誰も想像できなかっただろう。

あのときの川村看護師は、後悔に押し潰されそうな表情をしていた。その姿を目《ま》の当たりにしたら、何も言えなかった。

本来、病室というものは、貧富の差も外見のよし悪《あ》しも肩書きも関係なく、入院している誰にとっても等しく安全で、最善の治療を受けられる場所のはずだ。

そこにおぞましい悪意がひたひたと近づいてくる可能性など、誰も考えない。

「由々しき問題だぞ」

高森は言葉を返せず、突っ立っている。

「水瀬先生」大河内院長が言った。「患者の家族はもう知っているのか？　連絡は？」

「いえ。それもこれからです」

「……そうか」

大河内院長は深刻な顔でデスクを睨みつけた。

「ご家族に伝えないわけにはいきませんよ」

大河内院長は顔を上げた。

「もちろんだ。警察沙汰にするかどうか、家族の意向を聞かねばならないだろう」

大河内院長が苦悩に満ちあふれた顔つきで言った。

「厄介なことになったな。病院内で寝たきりの患者が妊娠させられた。こんなことは前代未聞の事態だぞ。メディアに報じられたら大騒動になる。病院の責任も追及される」

「院長」真理亜は思わず口を挟んだ。「病院の評判なんて二の次です。一番の被害者は愛華さんなんです」

大河内院長が体裁を最優先に考えているように見え、つい反論の言葉が漏れた。

大河内院長は顔を歪めた。

「……もちろんそのとおりだよ、水瀬先生。でもね、綺麗事だけじゃ病院は経営していけない

病院の経営が滞りなく行われているからだよ」

「現場の医師には経営者の苦労が分からんだろう。君が産婦人科の仕事に専念できるのも、病院の経営が滞りなく行われているからだよ」

　言い分は理解できる。だが、釈然としない思いがあった。被害に遭った患者が——愛華が二の次にされている気がする。身動きできない彼女は、病気を治すための、安全であるはずの病院内で何者かに襲われたのだ。

「今回の事件、下手をしたら病院が潰れるぞ。家族からしてみれば、病院を信頼して患者を預けているわけだからね」

「もちろんです」

「そこでこんなことが起きたんだ。これは医療ミスよりも重大な問題だよ」

　反論は慎んだ。だが、大河内院長は表情で察したらしく、厳しい語調で言った。

「何か言いたげだね」

「いえ」

「……まあ、いい」大河内院長は高森を見た。「至急、家族に連絡だ」

　高森は姿勢を正した。

「はい！」

「事情は会って伝える。電話では何も話すな。電話ごしじゃ、不誠実だと思われる」

「分かりました」

「言葉遣いには気をつけるんだぞ」

「はい」

院長室の空気は重いままだった。

6

午後一番に愛華の母親が来院した。黒革のソファがコの字形に設置された応接室に招じ入れる。

案内した看護師が外からドアを閉めると、真理亜は母親にお辞儀をした。

母親は当惑と不安がない交ぜになった表情で黙礼を返した。ふっくらした体形だが、銀縁眼鏡の奥の目つきは鋭く、周囲の誰をも敵視しているように見える。

室内で出迎えた大河内院長は、余命を告知するような顔で立っていた。隣の高森も同様だ。

真理亜は小さく息を吐いた。事情を知っている身としては空気が鉛のように重く、息苦しくなる。分厚いカーテンが閉められているため、天井の蛍光灯だけでは若干薄暗い。三階なので誰かから覗かれる心配はないが、心理的なものかもしれない。

「岸部さん。ご主人は——？」

大河内院長は母親の顔色を窺うような口調で訊いた。

「夫婦揃《そろ》って、と言われたんで、夫に連絡しましたけど、なにぶん多忙の身ですから、少し遅れてくるそうです」

母親はそう言ってから付け加えた。

「あ、私も暇というわけじゃありませんよ。大事な娘のことだから、急遽《きゅうきょ》、休みをとって駆けつけたんです」

「もちろんです。承知しております」大河内院長は丁寧にお辞儀をした。「本日はお忙しい中、お時間をとらせてしまい、まことに申しわけありません」

「いえ……」

母親は警戒心を顔に滲ませながら応じた。

大河内院長は白衣の襟を整えて自己紹介すると、手のひらで向かいのソファを指し示した。

「どうぞお座りください」

「はい……」

母親は困惑顔のまま、ソファに腰を下ろした。ガラステーブルを挟み、大河内院長と向き合う。

真理亜は高森と並んで立っていた。

母親は怪訝そうな一瞥を二人に向けた後、大河内院長に向き直った。目を細めると、眼光が刺すように尖《とが》る。

「愛華の話ということですけど……」

彼女が切り出すと、大河内院長は黙ってうなずいた。引き結ばれたままの唇が歪んでいる。

真理亜は大河内院長が口を開くのを待った。だが、彼はいつまで経っても何も言わなかった。

沈黙が室内の緊張を高めていく。

母親は焦れたらしく、詰問口調で言った。

「愛華の容体が悪化したんですか」

大河内院長は疲労感が籠った息を吐いた。

「……いえ、ご容体に変わりはありません」大河内院長は高森を見上げた。「そうだな？」

高森は「はい」とうなずく。

悪化していないことに安堵するべきなのか、回復の兆しが見えないことを嘆くべきなのか、分かりかねるように母親は顔を顰《しか》めていた。

「言いにくいんですが……」

大河内院長は顎を撫でた。

「何です？」

「……問題が起きまして。お母様としては大変ショックなお話だと思います」

「一体何なんですか」

母親は神経質そうな声で訊いた。

大河内院長は嘆息すると、真理亜に目を向けた。

「詳しい話は彼女から説明します」

丸投げされるとは思わず、真理亜は反発の声を上げそうになった。だが、愛華を診察した医師として説明責任を負うのは当然だと思い直し、覚悟を決めた。そもそも、大河内院長は伝聞でしか状況を把握していない。

母親を見ると、険しい眼差しと対面した。

緊張で口内が乾く。

「……昨晩、愛華さんが嘔吐しまして、不正出血もあったことから、宿直の私が診察をしました」

母親はソファから腰を浮かしそうになった。

「愛華は大丈夫だったんですか！」

「愛華さんは自力では嚥下《えんか》できませんので、嘔吐すると窒息の危険性があります。今は看護師が付きっきりで様子を見ています。その点はご安心ください」

「嘔吐したってことは、何かの病気なんですか」

真理亜はぐっと歯を噛み締めた。説明の言葉が喉に詰まる。患者の家族に悪い診断結果を伝えなければいけない医師の苦渋を改めて実感した。

産婦人科医としては、胎児の死亡や流産、早産の報告も経験しているとはいえ、今回は事情が違いすぎる。起こりうる不幸ではなく、起こってはいけなかった事件だ。

真理亜は拳を握り、口を開いた。

「結論から言えば、病気の症状ではありませんでした。経腹超音波検査をしたところ――妊娠が発覚したんです」

「は？」

母親は理解できない説明に苛立《いらだ》ったように、顰めっ面で片眉を撥ね上げた。

「愛華さんは妊娠していました」

「妊娠って――」

真理亜は彼女の視線に耐えきれず、口をつぐんで床を睨んだ。重苦しい沈黙が支配する。

「何、馬鹿なこと、言ってるんですか！」

母親が跳ね上がるように立ち上がった。拳を打ち震わせながら面々を見回した。

真理亜はゆっくり顔を上げ、母親の顔を見返した。胸が押し潰されそうで、視線を逃がしたくなる。

「寝たきりの娘がなぜ妊娠するんですか！」

母親は声を荒らげた。

「おそらく何者かが病院内で――」

残酷すぎてそれ以上は言えなかった。母親はその言葉の意味を噛み締めるように黙り込んだ。

応接室内の空気の濃度が薄くなった気がする。思わず喉を撫でたくなった。

母親は現実を否定するようにかぶりを振ると、そのままソファに腰を落とした。

しばらく待つと、母親は上目遣いで真理亜を見た。

「誰かが娘を――襲ったっていうんですか」

真理亜は無言でうなずいた。

母親は噛み締めた歯の隙間から、蒸気のような息を吐いた。強い怒りが籠っていた。

間を置き、爆発する。

「病院の安全管理は一体どうなってるんですか！」

大河内院長は苦悩に彩られた顔でまぶたを伏せた。

「私どももまだ事態を把握し切れておらず……」

「こんなこと、決してあってはいけないことですよね？」

大河内院長は弱々しくうなずいた。

「……ごもっともです」

「それをこんな……病院の責任問題ですよ！　どうしてくれるんですか！」

「病院としましても、このような事件は前例がなく、私どももどうしていいのか——」

「それで許されると思っているんですか！　娘が暴行されたんですよ！」

「本当に申しわけありません。まことに遺憾で、責任を痛感しております」

「謝罪すればいいという話じゃないんですよ！　犯罪者が簡単に忍び込める病院に、子供を任せられると思うんですか！」

「おっしゃるとおりです。もちろん警備員は常時おりましたが、このようなことが起きるとは……」

「病院がそんな危機意識じゃ困ります！　そもそも——」

母親の追及がそのまま激化しそうになったとき、ノックの音がした。

気勢を削《そ》がれたのか、母親が黙り込むと、場に一時《いっとき》、静寂が訪れた。

大河内院長は迷いを見せた後、「どうぞ」と声をかけた。

女性看護師が「失礼いたします」とドアを開けた。室内の面々を見回してから、抑え気味の声で言った。

「岸部先生がお見えです」

女性看護師の後ろから中年男性が顔を出した。黒々とした髪を撫でつけている。顰め面のままで表情が固まったかのように、厳めしい顔つきだ。

岸部大吾《だいご》――。

メディアで何度も目にした顔だった。

女性看護師が一礼してドアを閉めると、大河内院長はすぐさま立ち上がり、かしこまったお辞儀をした。

「岸部先生。わざわざご足労いただき、恐縮です」

岸部大吾は唇を結んだまま小さくうなずいた。

彼は地元で半年前に当選した政治家だった。事故で娘が寝たきりになった、というニュースは各メディアで報じられ、彼が涙する姿は世間の同情を呼んだ。政敵の支持者からは、娘の悲劇を利用して票を集めている、とのそしりも受けたという。だが、当然そのような批判は非人道的として断罪された。

「娘のことだと聞いたが――」

威圧的な語調に場が緊張した。

大河内院長は言いづらそうに口を蠢《うごめ》かせた。

「愛華が……」

訴えるように説明したのは母親だった。話を聞くにつれ、岸部大吾の表情が強張っていく。

「何かの間違いじゃないのか？」

「だったらどんなにいいか……」

「本当――なんだな？」

「超音波検査もしたんだって。愛華は妊娠してるの。どこの誰かも分からない犯罪者の子を」

「そうか……」

訃報を告げられたような沈黙が降りてくる。誰もがしばらく無言だった。

やがて、岸部大吾が大河内院長をねめつけた。

「この病院の警備は一体どうなってるんだ」

大河内院長が歯を食いしばったような顔で深々と頭を下げた。

「申しわけありません、岸部先生」

顔を上げると、そこには追い詰められたような表情があった。院長のこのような顔は初めて見る。

「私も今朝事態を知ったばかりで、まだ把握できていないことが多く……」

「言いわけは結構だ」

岸部大吾はぴしゃりと切り捨てた。

大河内院長が苦渋の顔で口をつぐむ。

「抵抗もできない。声も上げられない。そんな状態なんだから、他の患者の何倍も注意しておく必要があったんじゃないのか。二十四時間、見張っているべきだった」

居丈高《いたけだか》な態度ではあるものの、娘が性犯罪被害に遭ったと知らされれば感情的にもなるだろう。だが、二十四時間の監視を何ヵ月も続けるのは現実的ではなく、今後どうしていけばいいのか、答えは出ない。

「あなた！」母親が憤激の口調で訴えた。「とにかく通報しましょ。まずは警察でしょ。愛華を襲った犯人を捕まえて、極刑にしてやらなきゃ！」

「警察――か」

「何？」

岸部大吾は下唇を嚙み、うなった。

「醜聞は――困る」

「醜聞って何？」

「警察沙汰は困る、ということだ」

「何言ってるの！　あなたは犯人を許せるの！」

「それとこれとは違うだろう」

「どう違うの？」

「感情的になるな、有紀《ゆき》」

「感情的って何？　あなたはいつもいつも――」

「よせ。人前でみっともない」

「差し出がましいですが――」真理亜は口を挟んだ。「これは犯罪ですから、通報しないわけにはいきません」

岸部大吾が真理亜をじろりと睨む。

「君は？」

「産婦人科医の水瀬です。昨晩、愛華さんを診察しました」

「そうか。君が第一発見者というわけか」

真理亜は小さく頭を下げた。

岸部大吾は面々を見渡した。

「冷淡に聞こえるかもしれないが、考えてもみてほしい。私の娘が寝たきりになっていることは、世間に知られている。『江花病院』で寝たきりの女性が妊娠――なんて報じられたら、誰もが岸部大吾の娘だと気づくだろう。性犯罪の被害者として娘が晒し者になるんだぞ」

再選を目指す岸部大吾の娘が運転する車が山道でガードレールを突き破って崖下に転落し、彼女が寝たきりになったと報道されたときは、インターネットに悪意ある憶測も書き込まれた。

『飲酒運転で事故ったんじゃないの』

『男との心中だって聞いた』

『スピード超過だったんだろ』

岸部大吾が自身の公式アカウントで『事実無根の誹謗《ひぼう》中傷を行っている者には、法的措置など、しかるべき対処を行います』と発信し、問題の複数のアカウントを名指しすると、中傷的な発言はすぐに削除された。

政治家という立場上、身内が事件の加害者や被害者になると、好き勝手な憶測を書き立てられる。彼の懸念は理解できるし、何より愛華自身をそんな騒動に巻き込みたくない。だが、彼の言い分を聞いていると、娘のためというより、自分の保身を第一に考えているような気がしてしまう。

「……岸部先生」大河内院長が重い口を開いた。「どうされますか?」

岸部大吾は唇を嚙み、天井を睨んだ。葛藤するような間があり、顔を戻す。

思い悩んだ表情で言葉を絞り出した。

「……もちろん、警察には通報する。通報しなきゃならんだろう。病院としては守秘義務を徹底してほしい。特にマスコミに対して」

大河内院長は「もちろんです」とうなずいた。

岸部大吾は命令するように言った。

「情報コントロールを頼むよ、院長」

7

『江花病院』の応接室に現れたのは、長身の男性と小柄な女性の二人組だった。

男性のほうは整った顔立ちながら、岩盤のような険しい表情をしている。事件の性質を考えれば当然かもしれない。

女性のほうはセミロングの黒髪を一纏《ひとまと》めにしていた。笑うと子供に安心感を与えそうな顔だが、今は渋面だ。

二人が来訪したとたん、応接室の空気がピリッと緊張した。これも職業からくる先入観だろうか。

真理亜は高森の隣に立ったまま、二人を出迎えた。大河内院長の顔は土気色になっている。

「S署の東堂《とうどう》です」

男性が警察手帳を取り出して開きながら自己紹介すると、女性も追従《ついじゅう》した。

「同じく明澄祥子《あずみしょうこ》です」

ソファに腰掛けていた岸部夫妻が立ち上がった。強張った顔のまま小さく会釈する。

二人の捜査官が黙礼で応じ、歩み寄った。

岸部大吾は自己紹介をしなかった。地元で当選を果たしたばかりの政治家なのだ。顔が名刺代わりだ、ということだろう。

「事情はどこまで？」

岸部大吾が切り出した。

「通報時点で事態は伺っています。病院内でお嬢さんが……」

東堂は言葉を濁した。残酷すぎて両親を前に口にするのは、はばかられる事件だ。

岸部大吾は歯を食いしばったままうなずいた。

「あってはならないことが起きた。まさか、入院中の娘が襲われるとは思いもしなかった」

「はい」明澄は嫌悪の表情を見せていた。「寝たきりの女性を標的にするなんて、断じて許されません」

東堂は医師たちを見た。

「本来ならば被害者から一番に話を伺うんですが、今回のケースは事情が事情です。まずは事件が発覚した経緯からお聞かせいただけますか？」

大河内院長と高森から視線が向けられ、真理亜は唾を飲み込んだ。しっかり説明責任を果たさなければいけない。

「産婦人科医の水瀬です」

真理亜は進み出ると、訊かれるまま、検査で愛華の妊娠が発覚した状況を説明した。証拠物として、超音波検査の写真を手渡し、間違いなく胎児が息づいていることを伝えた。

話を聞き終えると、東堂は重い息を吐いた。厳めしい顔がますます険しくなる。

「……愛華さんは寝たきりで、本当に一切のコミュニケーションが取れないんですか？」

答えたのは高森だ。

「閉じ込め症候群《ロックドインシンドローム》です。指一本動かせません。飲食もできませんし、声を出すこともできないんです」

彼は閉じ込め症候群について説明した。

見ると、明澄の瞳には涙の薄膜があった。彼女の境遇への同情か、性犯罪被害への同情か、どちらが強いのだろう。

「なるほど、分かりました」東堂が言った。「一度、愛華さんにお会いすることは可能ですか？」

高森は難色を示した。

「彼女は普通の患者とは違います。そもそも、自分の身に起きたことを知っているかどうか……」

「本人に確認はしていないんですか？」

「僕自身、今朝方、事態を知ったばかりなんです。ご家族の岸部さんに連絡してご説明し、そのまま通報しました。ですから、まだ……」

東堂は目を細めた。

「あのう」真理亜は口を挟んだ。「昨晩の検査で、彼女が察した可能性はあります」

東堂が「ほう？」と顔を向けた。

「あくまで可能性の話です。ただ、彼女の心の中を知ることはできないので、実際はどうなのか、私には分かりません」

愛華が自分の身に起きたことを悟ったのか、想像するだけでも怖く、真理亜は目を背けた。

東堂が高森を見た。

「先生はどう思われます？」

高森は苦悩を噛み締めるように答えた。

「現時点では僕にも何とも言えません。彼女が被害を知っているか分からない以上、こちらから確認する術がないんです」

「つまり？」

「それとなく探りを入れて向こうの反応を見る、ということができないんです。普通の患者と違って、彼女から自発的に訴えることがまったくできないので、こちらから一方的に話すしかありません。そんな中で、被害を知っているのかどうか、どう確認すればいいのか。もし知らなければ、それを教えることが正しいのか、僕には分かりません」

明澄は「そうですね……」と神妙な顔で同調した。「被害を女性自身が知らなかったり、自覚がなかったケースだと、本人に伝えるべきかどうかいつも葛藤します。知らなければ苦しむことはありませんから」

　睡眠薬などを用いた性犯罪の話をしているのだろう。

「ですが――」明澄の顔には苦悩が滲み出ていた。「犯人を逮捕し、立件し、罪を償わせるには、被害者の証言が必要なんです」

　高森が答えた。

「もちろんそれが警察の仕事であることは分かっています。しかし、彼女の精神状態を考えると、その事実にどこまで耐えられるか――。担当医としては危惧します」

　自分が寝たきりだったら――。

　真理亜は我が身に置き換えて想像してみた。

　体が自由にならず、そこに意思が存在しているだけ――。そんな状態に陥ったら、現実を受け入れるまでにかなりの月日を要するだろう。

　そんなとき、意識がない中でレイプされたと聞かされたら――。

　心がもたないかもしれない。

　無力な自分を思い知らされてしまう。この先の人生にも絶望するだろう。自分の周りに現れる人間が悪意や欲望を持っていて、危害を加えるつもりでも、一切抵抗できないのだ。

　他人の理性を信じなければ、自分が安全だと思うこともできない人生――。それはどれほどの恐怖か。

　東堂は岸部夫妻に目を向けた。

「お二人も娘さんにはお会いになっていないんですか？」

岸部大吾はきまりが悪そうに眉を顰《ひそ》めた。

「……娘は寝たきりなのでね。それは七ヵ月前から変わらない。被害に遭ったのが何週間も前なら、今すぐどうこうという話でもないだろう？　私たちを責める前に犯人を捜してくれ」

「申しわけありません」東堂はすぐさま頭を下げた。「非難のつもりはありませんでした。他意はありません」

岸部大吾は、ふん、と鼻を鳴らし、そっぽを向いた。

東堂は人差し指で頰を搔《か》くと、高森に顔を向けた。

「事情聴取が不可能であることは理解しました。しかし、愛華さんは被害者ですので、お会いするだけでも許可をいただけませんか？　最大限の配慮はします」

高森は悩ましげにうなったが、やがて慎重な様子で「分かりました」とうなずいた。

「ご案内します。くれぐれも、彼女の体調を考慮してください。ただでさえつらい立場なんです」

「もちろんです」

高森が応接室を出ると、全員で後をついていった。廊下を行き来する看護師たちが奇異の一瞥を寄越してくる。無理もない。院長を従え、見舞客には見えない男女と、大勢が顔を知っている政治家が闊歩《かっぽ》しているのだから。

ただ事ではない空気を嗅ぎ取っているだろう。

入院患者も岸部大吾の顔に気づき、何やら囁き交わしている。妙な噂が広まらなければいいが――。

愛華の病室へ向かう一行のあいだには、重苦しい沈黙が立ち込めていた。

廊下を進み、高森がノックしてから愛華の病室のドアを開けた。見舞客がいないのだから、担当医としてノックせず入室してもおかしくないのに、丁寧だ。彼が愛華を尊重しているのが伝わってくる。

彼が足を踏み入れると、二人の捜査官が続いた。だが、岸部夫妻は病室の前で立ち止まった。被害に遭った娘と対面することに怯えているのか、それとも――。

「岸部さん？」

真理亜は背後から声をかけた。

岸部大吾は振り返らず、病室内をじっと睨みつけた後、意を決したように一歩を踏み出した。母親の有紀が後に従う。

真理亜は大河内院長に続いて最後に病室へ入った。愛華は――昨晩と同じ姿のまま、ベッドで仰向けになっていた。まぶたは閉じている。

捜査官二人の顔を窺うと、揃って眉根を寄せていた。唇は真一文字だ。

「……ご覧のとおりです」

高森が重石《おもし》を背負っているような口調で言った。

全員、無言だった。彼女の耳を意識しているのだ。昏睡状態のように見えても、起きていれば目も見えるし、耳も聞こえる。

しばらく沈黙が続いたとき、高森がベッドに近づいた。愛華の顔を眺める。

「愛華さん――？」

優しく声をかけるも、彼女のまぶたは開かなかった。反応らしい反応はない。

高森は二、三度呼びかけてから振り返った。

「今は眠っているようです」

岸部夫妻が愛華のベッドに歩み寄った。

「愛華……」

岸部大吾がつぶやいた。苦しみが滴る声だった。

娘の全身をじっと見据える。

「そうとはとても思えん……」

七ヵ月前に交通事故で寝たきりになったときのまま、愛華は何も変わっていないように見える、ということだろう。

岸部大吾はそれ以上何も言わなかった。

捜査官二人は目配せしてうなずき合うと、「出ましょうか」と言い、病室を出た。全員が後に続く。最後に病室を出た高森がドアを閉めると、緊張の空気がほんの少し緩んだ。突き当たりに部屋があるため、人気《ひとけ》はない。

「……たしかにこれは難しいですね」

東堂が苦渋の形相《ぎょうそう》で独り言のように言った。

「はい」明澄が答える。「これでは、愛華さんの目が覚めていても事情を伺うのは――無理かもしれません」

岸部大吾が言った。

「娘が何も知らなかったとしても、警察には犯人を見つけ、逮捕してほしい」

東堂が「もちろんです」と答えた。高森を見る。

「そのためにも、詳しい話を聞かせていただかなくてはなりません。先ほどは被害者の愛華さんについて、でしたが、今度は容疑者について、です」

「はい……」

高森の喉仏が小さく上下した。

「では単刀直入に伺います。あらゆる人間の中で、病室に無断で入り込める人間は誰ですか?」

高森は後悔を噛み締めるように答えた。

「……病院にいる人間なら誰でも、可能だったと思います」

「誰でも?」東堂の目がスーッと細まった。「それは不用心すぎるのでは?」

答えたのは大河内院長だった。

「病院はその性質上、基本的に病室に鍵を掛けません。緊急のコールで駆けつけた際、タイムロスが生じるからです。容体の急変時では、その一秒二秒が生死を分けることもあります」

「しかし、被害者は寝たきりで、無防備です。特別な安全管理が必要だったのでは?」

大河内院長は顔を歪めた。

「……そうかもしれません。今となってはそう思います。まさか病院内でこのような犯罪が起こるとは予期できませんでした。岸部さんご夫妻にはお詫《わ》びの言葉もありません」

「ここの面会時間はどうなっていますか」

「一般病棟も入院棟も、平日、休日ともに午前十時から午後八時となっています」

「面会終了時間後はどのように？」

「基本的には面会をお断りしています。しかしながら、入院中の家族に一晩じゅう付き添いたいと希望される方もいるため、そこはケースバイケースで対応しています」

「入院患者も、見舞客も、愛華さんの病室に自由に出入りできた、ということですね？」

「……語弊がある表現です。閉じ込め症候群の彼女は、担当の看護師がしっかり世話をしています。いつでも自由に出入りできたわけではありません」

「担当看護師は女性ですか？」

「はい。川村看護師がメインで担当しています。交替で世話をしている看護師も女性です」

「世話をする時間は決まっていますか」

「……明確なルーチンではなかったと思いますが、本人に確認します」

「お気遣いなく。川村看護師には我々が確認しますので。伝聞では証言になりませんから」

「……そうですか」

大河内院長からの圧力や、看護師側の忖度《そんたく》を警戒しているのだろうか。院長から直接問いただされたら、看護師という立場上、顔色は見てしまうだろう。

「ところで——」東堂の目がぎらりと光る。「担当看護師が病室を訪ねる時間帯が知られていないということは、入院患者や見舞客の犯行は困難ですね？」

大河内院長が眉を顰めた。

「どういう意味でしょう？」

「今回の事件は衝動的な犯行でしょうか。それとも計画的な犯行でしょうか。いずれにせよ、担当看護師が頻繁に病室を訪ねてくるのに、バレずに事に及べるとは思えません」

「それは――」

「衝動的な犯行であれば、幸運にも担当看護師と鉢合わせなかった、ということです。犯人の心理として、いつ医療関係者が現れるか分からないのに、病室で女性を襲おうとするとは考えにくいです」

「……たしかに無理があるかもしれませんね」

「計画的な犯行であれば、医療関係者がいつ病室に現れるか、スケジュールを熟知していたことになります。しかし、病室を訪ねる時間帯は必ずしもルーチンでなかったそうなので、そもそも計画すること自体不可能です」

「そうですね」明澄がうなずいた。「ご家族が面会に来る可能性もありますから」

「そう考えると、昼間の犯行ではなく、夜――面会時間も終わり、消灯時間が来てからの犯行だった可能性が高いです」

「外部犯ではなく、内部犯――」

「家族の見舞いに来て泊まり込んでいる人間がそのような犯罪に手を染めるか、疑問がありま す。入院中の患者も、病気によっては病室を出る体力がないでしょうし、かなり絞られるかもしれません。いかがでしょう?」

出入りが自由な病院とはいえ、全員が容疑者になるわけではない――ということか。

「東堂さん」明澄が言った。「妊娠週数から事件の発生が八週間前と考えられるなら、もう退院している入院患者の中に犯人がいるかもしれません」

東堂が真理亜に尋ねた。

「妊娠の正確な日にちを割り出すのは――難しいですか？」

妊娠した日にち――か。

愛華が襲われた日を特定したいのだろう。できることなら協力したい。しかし――。

「……残念ですが、受精した日を正確に特定することはできません。妊娠週数から逆算して、おおよその時期は出せますが、それ以上は難しいです」

だからこそ、複数の相手と性行為を行っていた場合、ある一日に関係を持った相手の子なのか、翌日に関係を持った相手の子なのか、本人にも分からない、というケースがあるのだ。

東堂は渋面を深めた。

「事件日を特定できないとなると、犯人を突き止めるのが難しくなりますね」東堂は大河内院長を見た。「事件があったと考えられる時期の入院患者の情報をいただくことは？」

大河内院長は専門外の難問を突きつけられたかのような顔をした。眉間に皺が寄る。

「申しわけありません。守秘義務があります。患者様の個人情報はきわめてデリケートで、秘匿性があるものです。病院としましては提供できかねます」

「院長」岸部大吾が怒りを嚙み殺したような口調で言った。「私の娘を傷つけた犯人の逮捕がかかってるんだぞ」

「……重々承知しております。病院と致しましても、協力を惜しむつもりはありません。しかし、入院患者の情報は、個人のプライバシーですので」

岸部大吾は小さく舌打ちしたものの、肩書きを振りかざしても強要はできないと悟ったのか、引き下がった。だが、表情は承服しかねるように歪んでいる。

東堂は天井付近を眺め回した。

「病院の防犯カメラはどうなっていますか？」

真理亜はその視線の先を見た。廊下の真上に防犯カメラは設置されていない。

大河内院長が苦虫を噛み潰したような表情で答えた。

「ロビー周辺には設置されていますが、病室がある廊下などには――ありません」

思えば、警備員も病院の入り口にしか見かけない。

東堂は眉を顰めていた。

「まったく？」

「はい」

「……弱りましたねえ。防犯カメラがあれば、病室に忍び込んだ犯人を特定できると思ったんですが」

大河内院長は居心地悪そうに視線を落とした。

「そんなの、怠慢でしょ！」有紀が鬼の形相で噛みついた。「そんな防犯意識の病院なんて許せない！」

苛烈な批判がしばらく続いた。大河内院長は平謝りだった。

彼女は息切れするまで不満をまくし立てた。それから夫を見やる。

「あなた、病院の責任を追及してよ。何のための政治家なの？」

岸部大吾は忌々《いまいま》しそうに首を横に振った。

「立場の私物化はできん。余計な注目を集めてどうする？　マスコミが理由を追及しはじめるぞ。醜聞を広めたいか？」

有紀は歯軋《はぎし》りした。

「だが――」岸部大吾は大河内院長を睨み据えた。「問題は問題だ。今回の事件はセキュリティの甘さが招いたことだ。院長、あなたの責任問題だぞ」

大河内院長は下唇を嚙んだまま、顔を上げた。

「岸部先生、お怒りはごもっともです。病院の危機意識を責められれば返す言葉もありません。防犯カメラが最小限なのは、患者様のプライバシーの観点からでして――」

「何がプライバシーだ。病院だぞ。大部屋じゃ、複数人の患者が入院し、寝食を共にしている。見舞客との会話も隣のベッドの患者に筒抜けだ。防犯のための設備を誰が気にする？」

「おっしゃるとおりです。しかしながら、病院は究極のプライバシーが集まるところです。人に知られたくない病気もあります。事はそう容易ではなく――」

「それで安全性をないがしろにしたら本末転倒だろう？」

患者に威圧感を与えない配慮も、一長一短だ。

大河内院長は苦渋の表情で言った。

「実は――二年前に防犯カメラを増設する話が出たんです。病院内で窃盗被害がありまして、病院内部でも、セキュリティを強化すべきではないかと提案がありました」

「なぜそのときに増設しなかった？」

「……反対の声が上がったんです」

「反対？」

「突然防犯カメラが増えると、患者様が困惑すると思い、事前に案内を出したんです。設置作業も必要ですし、理解を得なければ――と」

岸部大吾は黙ってうなずいた。

「しかし、一人の患者様のご家族が猛反対しまして」

「そんな少数の人間の反対など、無視すればいいだろう？　全市民の賛成が得られないと法案を通せないとしたら、成立する法案など一つもない」

「もちろんです。ほとんどの患者様が肯定的でしたので、病院としても防犯カメラを増設するつもりでいました。しかし、その患者様のご家族は世論を味方につけたんです」

岸部大吾は片眉を持ち上げた。

「ネットです。その患者様のご家族はＳＮＳ《ツイッター》で病院を悪者にして批判したんです。『江花病院は窃盗事件を利用して患者の監視を強化しようとしている』と主張して、ネットの著名人たちがそれに乗っかって反対署名を煽《あお》ったんです。批判の電話も相次ぎ、病院経営に支障が出るという事態に至り、仕方なく防犯カメラの増設は見送るしかありませんでした」

その騒動は記憶にある。

公共の場の防犯カメラでさえ、監視社会を作る、という理由で批判する人々は一定数存在する。場所が病院だから、余計に注目を集めてしまった。

東堂は同情するようにうなずいた後、岸部夫妻を見た。

「とりあえず、ご両親からももう少しお話を聞かせていただかなくてはいけません」

岸部大吾は泰然とうなずいた。

8

自宅マンションで出勤の準備をしながらスマートフォンで検索サイトを開いたとき、デジタル配信の記事のタイトルが目に飛び込んできた。

『寝たきりの女性患者が妊娠。性的暴行被害か』

真理亜は目を疑った。心臓が駆け足になり、胸の内側でばくばくと鼓動が響いている。

まさか、と思う。

タイトルをタップするのが怖かった。昨日の今日で、愛華の事件が報じられているのか？

真理亜は恐る恐る記事を開いた。

『1月28日　東京都××区にある私立江花病院で、事故による閉じ込め症候群（注釈・意識はあるが、体が一切動かせない疾患）の20代の女性患者が妊娠10週であることが発覚し、性的暴行の疑いがあることから警察が捜査を開始した』

スマートフォンから目が離せなかった。

事件が漏れている——。

医療関係者が患者の情報をメディアに流すとは思えない。警察側から漏れたのではないか。

真理亜は唇を噛み締めた。

事件の報道という名目で、本人の意思とは無関係に性犯罪被害が報じられる。全国に知れ渡る。今回は個人が特定されうるから、きわめて慎重な扱いが求められている事件なのに――。

これで病院も騒がしくなる。

病院の名前が出ている以上、マスコミも押し寄せてくるだろう。患者たちを守り切れるかどうか。愛華が騒動に巻き込まれ、傷つくことにならないよう祈る。

真理亜は身支度を整え、病院へ向かった。

『江花病院』に着くと、一目で普段と違うことが分かった。駐車場に停まっている車の前には、新聞社の腕章を付けた者たちが集まり、喋《しゃべ》っている。

腕章を付けているということは――。

一方的な取材ではなく、記者会見だ。

事件が報じられた以上、一刻も早く説明責任を果たさなければ社会から非難を浴びてしまう、という判断だろう。

病院に入ると、女性看護師の一人を捕まえ、話しかけた。

「……これからメディアに?」

女性看護師は緊張の面持ちでうなずいた。

「はい。院長が記者会見を行うそうです」

「初耳。何も話を聞いていなくて」

「え?」

「ううん、何でもない。気にしないで」

愛華を検査した当事者が何も聞いていない。本来ならば、記者会見への同席を要請されるのではないか。

一瞬だけ不信感が芽生えたものの、すぐに気づいた。マスコミには最低限の事実だけ説明するつもりなのだ。愛華のプライバシーは極力守らなければならない。被害者が特定されないよう、最大限の配慮が必要だ。

真理亜は産婦人科の診察室に入ると、丸椅子に座り、鞄《かばん》からスマートフォンを取り出した。検索すると、あるテレビ局のＹｏｕＴｕｂｅチャンネルで記者会見を生配信していた。

タップすると、映像が動きはじめた。

最初に目に飛び込んできたのは、起立して頭を下げる大河内院長の姿だった。まばゆいフラッシュの雨あられが目を射る。画面ごしでも思わず目を細めてしまうほどだった。

記者会見の場には、院長の他には、胸に弁護士バッジを付けたスーツ姿の女性が一人――。担当医の高森医師も同席していない。注目を浴びているのは、院長ただ一人。

フラッシュがおさまると、大河内院長は顔を上げ、胸を大きく上下させた。

「着席させていただきます」

大河内院長は緊張が滲み出た口調で言うと、ゆっくりと椅子を引いた。脚が床を引っ掻く音が響く。

椅子に座ると、居並ぶ記者たちを見据えた。息を吐き、沈痛な口ぶりで言う。

「報じられましたとおり、患者様の安全を確保しなければならない病院内でこのような事件が起きたことは大変遺憾で、院長として、責任を痛感しております」

再びフラッシュが瞬《また》いた。

「被害に遭われた患者様に心よりお詫び申し上げます。病院としましては、警察に可能なかぎり協力していくとともに、被害に遭われた患者様のケアに努めていく所存です」

女性弁護士がマイクを手に取り、記者会見の趣旨を説明した。守秘義務と患者のプライバシーに関して忠告とお願いを行う。

「ご質問はありますか？」

女性弁護士が尋ねると、複数人の記者が手を挙げた。

「……それでは、二列目の席の、黒いジャケットの方」

該当する記者が立ち上がり、事務員の男性からマイクを受け取った。

記者は所属と名前を名乗った後、質問した。いや、質問というより追及だ。

「これは重大な事件です。病院の警備は万全だったんですか」

大河内院長に代わって弁護士が答えた。

「病院内のセキュリティに関しましては、患者様のプライバシーに最大限に配慮しつつ、しっかり行っていました」

「それでも事件が起きたということは、安全管理がずさんだったのではありませんか」

警察もマスコミも、問いただしたい疑問点は同じだった。なぜ事件は起きたのか。安全性はどうだったのか。本当に防げなかったのか。

被害者の個人情報が伏せられている以上、質問がその部分に偏るのは当然かもしれない。

病院が責められると、愛華の担当ではない立場とはいえ、いち医療従事者として責任と罪悪感を覚える。

果たして自分にできることは何もなかったのか。

考えてしまう。

次に指名された女性記者が詰問した。

「院長として責任を取られるつもりはありますか」

大河内院長は一呼吸置いてからマイクを取り上げた。

「病院の安全面を見直し、二度とこのようなことが起きないよう、しっかりセキュリティを――」

「そういうことではなく！　辞任の決意の有無を伺っています。院長としての責任の取り方をどうお考えですか」

大河内院長は顎をぐっと膨らませた。歯を食いしばったのが分かる。

「……率直に申し上げれば、安易な辞任が必ずしも最良の責任の取り方ではないと考えています」

「無責任ではないですか！　このような重大事件を引き起こした責任は誰が取るんですか！」

「院長として、責任のある立場で、病院をより安全なものにし、患者様に安心していただけるよう、内側から改善していくことが大事ではないかと考えております」

女性記者は納得できないらしく、さらに質問を返そうとした。だが、女性弁護士が遮った。

「ご質問はお一人一つまででお願いいたします」

女性弁護士が次の記者を指名した。

厳しい言葉も飛び交ったが、事件の性質上、話せる内容はきわめて限られており、記者会見は三十分も経たずに終わった。

真理亜は、ふう、と重いため息をついた。

記者会見をしたことで少しは騒動が落ち着くのか、それとも過熱するのか——。予想はつかなかった。

真理亜は白衣を羽織ると、いつもどおり、患者の診察をした。妊婦が中心だが、女子大生からの性病の相談もあった。

翌朝、危惧しながらワイドショーを観《み》た。『江花病院』の事件はトップニュース扱いだった。

「大河内院長の発言が無責任すぎる」「我が身可愛《かわい》さに弁明を繰り返し、保身をはかっている」と批判されていた。

中年女性のコメンテーターが憤激の形相で言い放った。

「一生懸命やっている現場の人たちは別にして、こんな事件を起こした病院は安全管理が不充分だったことをもっと責められるべきだし、院長とか経営者とか、病院の上の人間は厳しく批判されるべきです！　同じ事件が起きないように！」

9

ワイドショーの報道後、『江花病院』には朝から抗議の電話が相次いでいるという。

平謝りを繰り返す事務員は、電話対応に追われていた。疲労困憊《こんぱい》の顔で、具合も悪そうだ。

机の上には胃薬が出しっぱなしになっている。

テレビの影響は大きく、業務に支障が出はじめていた。クレーム電話の応対をしている事務員のそばにいると、怒声や金切り声が漏れ聞こえてくる。

コメンテーターの義憤は世間の批判を煽り、結果的に罪のない患者たちに迷惑をかけている。性犯罪が許せない気持ちは分かる。だが、自らが招いたこの現状を実際に目にしてほしかった。

真理亜は嘆息を漏らし、産婦人科の診察室へ向かった。午前と午後の診療に専念した。

一息つくと、窓から病棟の外を眺めた。

夕日が街を深紅に染めていた。向かいに建つ高層ビルの影は巨大な墓石のように見える。

今日は昼食時間以外、ずっと診察している。疲労を感じた。肩も凝っている。

二十分ほど休憩を取ろうと思い、真理亜は看護師にそう告げて診察室を出た。

騒然とする声とキャスターがリノリウムの床を引っ掻く慌ただしい音が聞こえてきたのは、廊下を曲がったときだった。

顔を向けると、ストレッチャーが運ばれてきた。血相を変えた医師と看護師たち——。

真理亜は通り道をあけるため、脇へ避《よ》けた。その瞬間、ストレッチャーに乗った患者が確認できた。

運ばれているのは、白衣を着た川村看護師だった。顔には切り傷と擦り傷に、鮮血——。

真理亜は目を剝き、硬直した。

なぜ彼女が——。

事故に遭ったのか？

慄然《りつぜん》としたまま、ストレッチャーを見送るしかなかった。手術室のほうへ消えていく。

何があったのか分からない。

真理亜はナースステーションへ駆けつけ、何か事情を知っているか看護師たちに尋ねた。

数人が顔を見合わせた後、かぶりを振って出ていった。だが、入れ違いでナースステーションに入ってきた男性看護師が教えてくれた。

川村看護師は病棟の屋上から転落したという。大きな物音を聞いた入院患者が倒れている彼女を発見し、医師たちがすぐさま病院に運び込んだ——。

誰かに突き落とされた可能性を考えた。しかし、仕事熱心な彼女が病院で襲われるほど恨みを買うとは思えない。

彼女の安否が気になり、再開した診察になかなか集中できなかった。

夜間の診療が終わって診察室を出ると、看護師を捕まえ、川村看護師の安否を尋ねた。

「……幸い一命は取り留めました。五階の高さでしたけど、真下が樹木と草むらだったので、クッションになったようです。怪我は肋骨《ろっこつ》のヒビですみました」

ほっと安堵の息が漏れる。

「今は一般病棟の個室に入っています」

「病室は？」

「三〇八号室です」

「ありがとう」

真理亜は踵《きびす》を返すと、エレベーターで三階へ上がった。三〇八号室へ向かった。

ドアの前に立ち、深呼吸する。

真理亜はノックし、「産婦人科の水瀬です」と声を掛けた。眠っているなら返事はないだろう。だが、予想に反してしわがれた男性の声が返ってきた。

「どうぞ」

この声は——。

真理亜はドアを開け、病室に入った。ベッドのそばに立っているのは、大河内院長だった。渋面を作っている。

「院長……」

なぜ彼がここにいるのか、真理亜はいぶかった。だが、大河内院長に後ろめたいような様子は微塵《みじん》も見られなかった。

大河内院長は嘆息とともにベッドを見た。仰向けに寝ている川村看護師は目を開けていた。

「水瀬先生……」

川村看護師がか細い声でつぶやいた。顔の傷跡が痛々しく、目を逸らしたくなる。

「大丈夫？」

川村看護師は恥じ入るように下唇を嚙み、小さく「はい」とうなずいた。それから「すみません、ご心配をおかけして……」と謝った。

何があったのか尋ねたい思いはあったが、彼女の状態を目の当たりにすると、訊きにくかった。

だが、大河内院長が代わりに答えた。

「彼女は自殺をはかったんだよ」

耳を疑った。

真理亜は驚いて大河内院長を見た後、川村看護師に顔を戻した。彼女は羞恥《しゅうち》を噛み締めていた。

「どうしてそんな――」

川村看護師は視線を逃がし、黙り込んだ。

「うちの看護師が事故に遭ったと聞いて、慌ててやって来て、私もたった今、事情を聴いたばかりなんだよ」

「一体何が――」

大河内院長の眉間に深い皺が寄る。

「私の――」川村看護師は視線を外したまま、今にも消え入りそうな声で口を開いた。「私の責任なんです」

「責任？」

真理亜は聞き返した。

「はい。愛華さんが被害に遭った事件です」

「どうしてあなたの責任なの？」

「……私がもっと目も気も配っていたら、って。後悔してもしきれないんです」

「でも、ほとんど付きっきりで看護していたんでしょう？　それでも起きてしまった事件でしょう？」

「そうですけど、私が担当している患者さんですから。こんなことになった責任は、私に一番あると思うんです」

「具体的に何か落ち度があったわけじゃないんでしょう？」

「落ち度――」川村看護師は間を作った。「私は一生懸命、愛華さんの看護をしていました。でも、起きてしまったんです。それはやっぱり担当の私の落ち度なんです。ご家族も、愛華さんも、傷ついて、苦しんでいると思うんです」

励ましの言葉をかけようと思ったが、彼女の思い詰めた表情を前に、声は喉の奥に詰まった。どんな慰めも逆に彼女を傷つけそうだった。こんなときに適切な言葉が出てこない自分が情けない。

川村看護師が打ちひしがれた声で続けた。

「テレビの――言うとおりです」

「テレビ？」

「今朝の報道です。批判されるべき、って……」

――一生懸命やっている現場の人たちは別にして、こんな事件を起こした病院は安全管理が不充分だったことをもっと責められるべきだし、院長とか経営者とか、病院の上の人間は厳しく批判されるべきです！　同じ事件が起きないように！

コメンテーターの発言が脳裏に蘇ってくる。

「あれは報道じゃなく、ワイドショーでしょう？　視聴者の怒りや不満を煽るのが仕事だし、事件を娯楽にしてるだけなんだから、真面目に受け止めちゃ駄目」

「でも――」

「それに、批判の対象になってたのは、現場の人間じゃないでしょう？　コメンテーターの女性も、一応、『一生懸命やっている現場の人たちは別にして』ってフォローしてたし」

川村看護師は下唇を噛み締めた。

「……そういうわけにはいかんだろ」大河内院長が重々しい口調で言った。「現場の人間は――医療従事者はそんなに無責任か？」

「どういう意味でしょう？」真理亜は訊いた。

「メディアが病院の責任を追及するのは当然だ。病院であってはならない事件が起きた。だが、現場の医療従事者は悪くないが、院長や経営者は批判すべき――と予防線を張ってから非難しても、所詮《しょせん》は批判者の自己満足だと思わないか？」

「と言いますと？」

「医療従事者は責任と誇りを持ち、治療や看護に取り組んでいる、ということだよ。君もそうだろう？」

「もちろんです」

「たとえば君の担当している患者が院内でウイルスに感染し、命を落としたとする。メディアが『現場の医療従事者は悪くないが、院長や経営者は批判すべき』と報道したのを聞いて、私にはウイルス感染は防げなかったし、担当の私には一切非はないんだ、なんて、割り切れるか？」

無理だ。現場で患者を担当していた以上、医師として責任はある。感染を防ぐ手段はなかったのか。患者の命を守る方法はなかったのか。何度でも考えるだろう。後悔もするし、苦しむ。それが医者だ。看護師だ。

大河内院長の言いたいことが理解できた。

現場の医療従事者を責めず、上の立場の責任者を批判すべき、と言われても、現場の人間なら、患者の命や安全を守れなかった責任は痛感する。自分を責める。

『病院はどう責任を取るんだ』

『なぜ安全管理を徹底しなかったんだ』

『病院の失態ではないか』

メディアの報道に煽られ、病院へ向けられる責任追及の声。批判の数々――。それらは現場の医療従事者に突き刺さる。刺さってしまう。医療従事者なら誰もが患者に責任を持っているから――。

コメンテーターもそこまで想像が至らなかったのだろう。

「コロナの院内感染の問題と同じだよ。感染が起きた病院が責められたが、その批判の言葉はきっと現場の医師や看護師を何よりも傷つけたはずだ。感染を他人事《ひとごと》だと思い込めるような責任感しかないなら、医療の道には進んでいないだろう」

これは現場の医療従事者への批判ではなく、病院や院長への批判だ、と言われたとしても、割り切れるはずがない。院長の言うとおり、現場の医療従事者はそんなに無責任ではない。

「日ごろから自分の言動や仕事に責任を持っている人間なら、現場の医療従事者の責任感が想像できるだろうから、病院や経営者が批判される言葉で医療従事者が自らを責めることくらい分かるはずだ。現場の医療従事者に非はないからそこは責めていない、と付け加えても、結局のところ、苛烈な批判を正当化する言いわけにすぎない」

真理亜は黙ってうなずいた。

「水瀬先生、君は誤解しているかもしれんが、私も現場の叩《たた》き上げだよ。現場の医師の気持ちはよく分かっている。事件が報じられたら、当然、担当医や担当看護師が誰よりも責任を感じる。語弊を承知で言えば、私を含めた上の人間は、そもそも現場に出ていないのだから、患者とは直接関わっていないし、現場の人間ほど苦しまないよ」

「……だから院長は報道に懸念を？」

今度は大河内院長が無言でうなずいた。

——厄介なことになったな。病院内で寝たきりの患者が妊娠させられた。こんなことは前代未聞の事態だぞ。メディアに報じられたら大騒動になる。病院の責任も追及される。

病院の評判と保身しか考えていない発言だと思った。だから、反発した。

先入観で大河内院長の人間性を見誤っていたのかもしれない。

「川村君の前で話すことじゃないけどね、私が院長の座を降りると、副院長が私の椅子に座る。正直、それは望ましくなくてね」

「どうしてですか？」

「……産婦人科の新しい検診台の購入に反対していたのは、副院長なんだよ」

「副院長が？」

「彼は産婦人科を低く見ているからね。自分の息がかかっている科を優遇して、それ以外を切り捨てようとしている。まだ私が退くわけにはいかないんだよ」

――率直に申し上げれば、安易な辞任が必ずしも最良の責任の取り方ではないと考えています。

――院長として、責任のある立場で、病院をより安全なものにし、患者様に安心していただけるよう、内側から改善していくことが大事ではないかと考えております。

記者から無責任と追及された大河内院長の言葉こそ、実は病院と患者のことを最優先に考える責任の表れだったのだ。

「とにかく」大河内院長は川村看護師に話しかけた。その声音《こわね》は想像以上に優しかった。「今回の事件で君が思い詰めることはない。自分を責めず、今は怪我を治すように」

天井を向いた川村看護師の黒い瞳は濡れていた。

一〇

翌日、出勤するなり産婦人科の女性看護師から「院長先生がお呼びでしたよ」と告げられた。最初の診察の予約時間までは三十分ほどある。

「ありがとう」

真理亜は産婦人科を出ると、院長室を訪ねた。大窓を背景に大河内院長がチェアに腰掛けていた。

「お呼びと伺いました」

大河内院長は「うん」と顎を落とした。「実はね、正午からこの前の刑事さんが来られるそうだ」

真理亜は慎重にうなずいた。

警察は犯人の目星がついているのだろうか。その確認なのか、それとも、まだ手がかりが何もないのか。

犯人が数ヵ月前の入院患者で、もう退院しているとしたら、どう特定すればいいのか。

「担当医と、妊娠の事実に気づいた君には同席してほしい、とのことだ。診察に支障があったら言ってくれ」

「……正午なら昼休み中ですから大丈夫です。昼食を摂《と》る時間だけの話ですから」

「君に倒れてもらったら困る。病院としてもだし、何より患者が君を頼りにしているだろう？ 昼食はしっかり摂ってくれ」

「お気遣いありがとうございます。サンドイッチでも買って、齧《かじ》っておきます」

大河内院長は表情を引き締めた。

「協力のほうはよろしく頼むよ。一刻も早く解決したい」大河内院長は顰めっ面を作った。

「安易に〝解決〟なんて言葉を使うのも……よくはないな」

真理亜は小首を傾げた。

「いや、犯人が逮捕されたところで、彼女が受けた被害は帳消しにならんだろう？ 意思表示できない患者の妊娠をどうするのか、私には答えが出せん。君はどう思う？」

真理亜は返事に窮した。

堕胎するのかどうか――という話だろう。

性犯罪被害者の多くは当然、堕胎を選択している。

性犯罪者の子――。

産婦人科医としては決して口に出せないが、一人の女性としては、産んだところで誰が幸せになるだろう、と思う。

息子が生まれ、成長して〝父親〟の顔立ちに似てきたら？　性犯罪の被害者である母親は、当時の苦しみや怒りを思い出し、我が子を憎んでしまうかもしれない。子供が将来、自分の〝父親〟について知ってしまったら？　苦しむことは目に見えている。周りに知れたら学校でいじめの対象になるかもしれない。

建前ならば、全ての命が大切だと答えるだろう。

だが、現実は――。

真理亜は下唇を嚙み締めた。

大河内院長の言ったとおり、性犯罪被害で妊娠してしまった場合、犯人逮捕で事件が終わるわけではない。被害者にはさらに苦しみが待っている。

性犯罪による妊娠だとしても、〝命を流してしまった〟――という罪悪感は付き纏うだろう。産婦人科医としては、堕胎は特別なことではない、と思わせられるよう、言葉を尽くすしかない。

それが正しいのかどうか、分からないが……。

母体保護法指定医師――医師なら誰でも人工妊娠中絶手術を行えるわけではない――として、望まない妊娠をした女性の堕胎手術は数えきれないほど経験している。性犯罪で妊娠した女性の堕胎手術も、ある。

だが、寝たきりで意思表示ができない女性の堕胎手術は、初めてだ。

一体どうすればいいのか。

「私も、分かりません」真理亜は無力感を噛み締めながら答えた。「愛華さんの〝声〟が聞けたらいいんですけど……」

「……警察もそう思っているだろうな。高森先生と相談して、最良の方法を考えてほしい」

真理亜は「はい」とうなずいた。

常に愛華のことを最優先に考えなければいけない。

真理亜は院長室を辞去すると、産婦人科に戻った。診察の準備をし、昼前まで患者に応じた。緊急の手術が必要になることもなく、無事に診終《みお》わった。

腕時計を確認すると、午前十一時五十分だった。少しなら余裕があるだろうか。

購買でサンドイッチを購入し、空《す》いた腹に入れた。コーヒーを飲み終えてから産婦人科に戻る。

「先生、警察の方が――」

診察室に入ると、看護師から告げられた。

「どこに行けばいいの？」

「応接室でお待ちです」

「……ありがとう」

真理亜は緊張を抱えたまま、応接室に向かった。ノックしてから入室する。

部屋には先日の東堂と明澄の二人が待っていた。キャビネットの前には白衣の高森も立っている。

「どうも」東堂が軽くお辞儀をした。「もうすぐ岸部夫妻もお見えになると思います。少々お待ちいただけますか」

岸部夫妻も呼んでいるということは、単なる病院関係者への聞き込みで終わりはしないだろう。

警察はどこまで捜査を進めているのか。今日の目的は何なのか。

岸部夫妻がやって来るまでは、落ち着かない時間を過ごした。誰一人言葉を発さず、静寂に満ちていた。

ドアを開けた岸部大吾は妻とともに室内を見回した。神経質そうな表情で東堂に目を据える。

「進展は？」

社交辞令の挨拶もなく、彼は単刀直入に問うた。

東堂の顔が険しくなった。下唇を噛み、一瞬だけ明澄と目線を交わした。

「……申しわけありません、岸部さん。犯人の特定には至っておりません」

「警察はこの三日間、一体何をしていた？　手がかり一つ見つかっていないのか？」

「弁解に聞こえてしまうかもしれませんが、防犯カメラなどの映像がなく、病院内の聞き込みも制限されています。手は尽くしているものの、捜査は難航しています」

「内容が何もない報告のために私たちを呼び出したのか？　時間は有限なんだ」

声には怒気が籠っていた。

「……お怒りはごもっともです」東堂は深呼吸した。「そこでご相談なのですが、お嬢さんに聞き取りをする許可をいただけないかと思いまして、お呼びしました」

岸部大吾は右の眉を軽く持ち上げた。目を眇《すが》め、東堂を睨み据える。

「聞き取りとは？」

「……それが可能なのかどうか、分かりません。しかし、何らかの手段があるのではないか、と」東堂は縋るような眼差しを高森に向けた。「たとえば、筋萎縮性側索硬化症《ALS》患者の場合、特殊な文字盤を使用してコミュニケーションをはかる、と聞きました。そのような方法はいかがでしょう？」

ＡＬＳは、運動神経が徐々に阻害されていく原因不明の神経疾患で、進行すると、歩行などが困難になり、口や喉が動かなくなり、呼吸も自発的にできなくなる。

高森は思案げになった。

「……ＡＬＳ患者の場合、眼球しか動かせなくなると、たしかに透明の文字盤を使ってコミュニケーションを行ったりします。それはそのとおりですが――」

有紀が興味を示した。

「その文字盤を使えば娘と会話できるの？」

「……それは難しいかと思います」

「どうして？」

「透明の文字盤で意思の疎通を正確に行うには、患者も介護者も双方が訓練し、慣れなくてはいけません。一朝一夕では困難です」

高森は大型の本を読んでいるようなポーズで、両手を顔の前に掲げてみせた。

「透明のパネルに文字が書かれている文字盤をこうして顔の前に差し出し、患者と視線を合わせます。そして、患者が眼球を動かしてどの文字を見たか、介護者側が読み取って、確認します。『き』ですか？　という具合に。違ったら、その周辺の文字と誤認している可能性が高いので、順番に『く』ですか？『し』ですか？『す』ですか？　と確かめ、一字を確定し、また次の文字に移ります。気の遠くなる作業で、文字を読み取っていくんです」

すぐに聞き取りを行いたいなら、文字盤の使い方を習得している時間的余裕はないだろう。

有紀が顔を顰め、かぶりを振った。

東堂が落胆したように吐息を漏らした。

「無理ですか……」

「はい」高森がうなずいた。「残念ながら」

「他に何かコミュニケーションの手段はありませんか？」

コミュニケーション——か。

真理亜は愛華の症状を想った。

喋れず、指一本動かせない彼女の〝声なき声〟を聞くには、一体どうすればいいのか。透明の文字盤での会話も駄目なら——。

高森の言葉がふと脳裏に蘇ってきた。

——十年ほど前、英国医師会が発行するオンライン医学誌で、ある調査結果が発表された。閉じ込め症候群患者百六十八人への聞き取り調査の結果だ。

食堂で久しぶりに会話したとき、閉じ込め症候群の患者について話をした。

高森は聞き取り調査と言っていた。コミュニケーションがとれない患者たちからどうやって回答を得たのか。

回答を得たということは、意思を確認する方法があった、ということだ。誰もが文字盤を使えたわけではないだろう。

愛華に可能なのは、まばたきと眼球の移動だけ——。

瞬間、真理亜は電流に打たれたようになった。

「まばたき……」

東堂が「え？」と顔を向けた。

「彼女と会話はできなくても、簡単な意思の疎通なら、まばたきで可能ではないでしょうか」

「モールス信号を教えるとか？　しかし、それも簡単ではないですよ」

「違います。イエス、ノー、の二つで彼女の意思を知るんです。たとえば、まばたきが一回ならイエス、二回ならノー、という具合です」

「なるほど……」

東堂は提案を吟味するように口を手のひらで覆い、目を細めて思案した。

「私たちがイエスかノーで答えられる質問をして、まばたきの回数で答えてもらうんです」

「ふむ」東堂は高森に顔を向けた。「どうでしょう？　それなら難しくないと思うんですが……」

高森はうなりながら間を置き、嚙み締めた歯の隙間からスーッと息を吸った。

「……たしかにそのような手段であれば、彼女の意思を知ることは可能かもしれません」

東堂は岸部夫妻に尋ねた。

「許可をいただけるでしょうか？」

岸部大吾は渋面のまま迷いを見せた。

「……何を訊く？」

「被害を知っているのかどうか、です。知っているなら、状況を伺います」

岸部大吾は妻と顔を見合わせた。葛藤と困惑がない交ぜになった眼差しが交錯している。

東堂はそれ以上は何も言わず、明澄と並んで待っていた。

「あのう……」真理亜は口を挟んだ。「どちらにしても、いずれ愛華さんは状況を知ることになると思います」

全員の視線が集まる。

「本人の許可なく中絶手術をすることはできませんから。妊娠をずっと隠し通せるわけではありません。それならば、早いうちに説明するというのも……」

岸部大吾は今初めてその事実に気づいたかのように悩ましげな顔を見せた後、嘆息とともに東堂に目を戻した。覚悟を決めた表情だった。

「犯人を捕まえるためだ。娘に話を聞いてくれ」

11

病室には重苦しい沈黙がのしかかっていた。緊張した空気が張り詰めている。

真理亜はベッドの愛華を見つめた。彼女は仰向けで、まぶたを伏せたまま一切身動きしない。

童話の中の眠り姫のようだ。

母親の有紀が愛華に歩み寄り、顔を覗き込んだ。

「……愛華。愛華、お母さんよ、分かる？」

呼びかけられても、愛華は目を開けなかった。

有紀はガラス細工の人形にでも触れるように、恐る恐るという手つきで娘の手を取った。

「寝ているの？　ほら、起きて」

病名どおり、心をどこか奥深くに閉じ込めてしまったように、無反応だ。

だが、母親が揺すりながら呼びかけると、愛華はまぶたを痙攣させ、目を開けた。

有紀は安堵したように息を漏らすと、話しかけた。

「愛華。お母さんのこと、分かるわよね？」

当然、愛華が何らかの反応を示すことはない。返事はもちろん、うなずくことも。

「今日はお父さんも来てるから」

愛華の眼球が左へ動いた。だが、首が全く動かないので、おそらく父親の姿は視界に入っていないだろう。

岸部大吾は突っ立ったままだ。娘の視界の範囲へ進み出ようとはしなかった。

「今日はね、警察の人が話があるからって、来ているの」

無反応――。

一方的に話しかけるだけで、コミュニケーションは取れない。

眺めていると、胸が締めつけられる。両親の心痛は一体どれほどのものだろう。

「……愛華さん」

高森がベッドに近づき、傍らに片膝をついた。有紀の隣で愛華の顔を見つめる。

「体調はどうですか？」

無反応。

だが、高森はそんな彼女との〝会話〟に慣れているらしく、ほほ笑みを浮かべたまま話し続けた。

「愛華さん。今日はほんの少しだけ、無理をお願いすることになるかもしれません」

愛華のそばに寄ったのは、明澄だった。表情に緊張は見え隠れしているものの、相手に安心感を与える微笑を湛《たた》えている。性犯罪という事件の性質上、被害者から話を聞くのは同性が望ましく、二人はそのように役割分担しているのだろう。

「初めまして、愛華さん」

明澄は所属と名前を述べた。

愛華の眼球がわずかに動いた。それが唯一の反応らしい反応だった。

表情が変わらないから、警察官の登場にどのような感情を抱いているのか、読み取れない。

「今日は愛華さんとお話ししたいと思って」

愛華の瞳が明澄に据えられている。

「体調に影響がないよう、考慮します。私が質問をしますから、愛華さんはまばたきで返事できますか？」

間があり、愛華が一回まばたきをした。返事というよりは、突然のことに困惑し、自分が唯一見せられる反応を示した、という感じだった。

「まばたき一回は『はい』、まばたき二回は『いいえ』です。質問に対して、まばたきの回数で『はい』か『いいえ』を答えてもらえれば大丈夫です」

今度はまばたきがなく、明澄を見つめている。

「まばたきで返事できますか？」

愛華の眼球がまたわずかに動いた。全員の視線が彼女の顔――まぶたに集中している。

まばたきは――ない。

病室に張り詰める緊張感が膨れ上がっていく。じりじりするような沈黙が続く。

やがて、愛華が一度だけまばたきをした。

『はい』――。

明澄が重ねて尋ねた。

「今のまばたきは『はい』の意味ですか？」
二、三秒の間を置き、再び一回のまばたき。

真理亜はごくっと唾を飲み込んだ。

愛華は自分の意思で返事している。コミュニケーションが成立している。

「……簡単な質問からはじめますね」明澄は静かに息を吐いた。「あなたは岸部愛華さんですか？」

まばたきが一回。

「二十二歳ですか？」

まばたきが一回。

「男性ですか？」

まばたきが二回。

愛華は明澄の質問を理解し、しっかり返事している。

明澄の華奢《きゃしゃ》な肩に緊張が見て取れる。いよいよ本題に踏み込むつもりだろう。

「……愛華さん」明澄の声は少し強張っていた。「あなたは今、自分の身に起こったことを知っていますか？」

愛華はまばたきをしなかった。黒い瞳がほんの少し揺れているだけだ。

「ごめんなさい。質問がややこしかったですね。閉じ込め症候群の話ではなく、その……」

明澄の視線が愛華の腹部に滑った。だが、そこに忌まわしさを感じたのか、すぐ彼女の顔に視線を戻した。

「言いにくいんですが、愛華さんは妊娠しているんです。自分が妊娠していることを知っていますか？」

愛華のまぶたはピクリとも動かなかった。瞳は天井を――いや、虚空を見つめている。

「妊娠を知っていますか？」

明澄がもう一度尋ねた。

愛華は小さくまばたきした。一回。

『はい』

彼女の返事で緊張が抜けることはなく、むしろ、張り詰めた。針の一刺しで破裂しそうなほどに。

愛華は妊娠の事実を知っていたのだ。先日の検査で知ったのだろうか。それとも、つわりなどの体調不良で自覚したのか。

横目で窺うと、岸部夫妻の顔は苦悩に歪んでいた。鼻孔から息を吐いている。

「知ったのはいつですか？」

明澄は尋ねてから「あっ」と声を漏らし、しまったという顔をした。

「すみません。これは『はい』か『いいえ』で答えられませんね。ええと――」

彼女は頭を絞るようになった。

「水瀬先生の診察で自分の妊娠を知りましたか？」

一拍の間があり、愛華は二度まばたきをした。

『いいえ』

誰もがはっと息を呑んだ。

診察の前から自覚があった――。

それは胸が苦しくなる事実だった。

胎内に息づく小さな命に気づいていた――。考えてみれば当然だ。愛華は妊娠十週なのだ。苺《いちご》一粒分程度の大きさしかないとはいえ、胎児はすでに〝人〟を形作っている。手足もはっきりしており、鼻や顎や唇も作られている。赤ん坊は妊娠九週ごろになると、脳組織が発達し、手足の動きも激しくなってくる。思い当たる〝出来事〟があれば、自分の腹の中の存在に気づかないはずがない。

彼女は医師や看護師に妊娠の事実を告げたかっただろう。だが、何とかして伝えようとしても、声は出せず、指も動かせない。声なき訴えは誰にも届かなかった。

そのまま日にちが経っていく恐怖と不安はどれほどのものだっただろう。

誰にも気づかれないまま、ある日突然子供が生まれるのではないか――。そんな妄想も抱いていたかもしれない。

医者としてもっと早くに気づいていれば――。

愛華の恐怖も不安ももう少しましだったのではないか。いや、事件の非道さと残酷さを思えばましという表現は適さない。

明澄は小さく息を吐いた。

「私たちは、あなたにこんなことをした人間を突き止めたいの。あっ、こんなふうに話してもいい？」

明澄は親しみやすい口調に変えた。

愛華がまばたきで『はい』と答える。

「ありがとう。そのためには何があったか教えてもらわなきゃいけないの。思い出すのはつらいと思うけど、頑張れるかな？」

愛華はまばたきをしなかった。肯定も否定もしない。心が見えてこない。

「あなたの意思を尊重するから安心してね。もうやめたくなったら、まばたきを三回してくれる？　いい？」

今度はまばたきが一回――。

意思の疎通はできる。後は、明澄が何をどう聞き出すか――だ。

「そのとき、意識はあった？」

真理亜は他の面々と共に、愛華の目元を注視した。だが、今度はぴくりとも動かなかった。意識的にまぶたに力を入れているように見える。

細かく痙攣だけはしている。

しばらく待っても、彼女は反応を見せなかった。

「ほら！」有紀が進み出た。焦れたように言う。「刑事さんが訊いてるでしょ。早く答えなさい」

愛華の瞳が揺れ動いた。

「お母さん」明澄が振り返った。「急《せ》かさないであげてください。お嬢さんも苦しんでいるんです」

「でも――」彼女は不満そうに反論した。「簡単な質問でしょう？『はい』か『いいえ』で答えるだけなんだから」

「……誰もがすんなり語れるわけではありません。お嬢さんも同じなんです。反応を示すまでに、心の中では様々な葛藤があるはずなんです。表情に出ないから、はた目には分かりませんが、きっと」

被害者に寄り添う明澄の姿に、真理亜ははっと気づいた。

自分の――自分たちの中に、まばたきでコミュニケーションが取れるようになれば、聞き取りはスムーズにいく、という先入観がなかったか。

閉じ込め症候群に陥っているからといって、愛華は決して特別ではないのだ。

一人の若い女性であり、ある日突然、性犯罪に遭った被害者なのだ。

言いにくいことはたくさんあるだろう。しかも、両親と医師が本人の同意もなく立ち会っている。そんな状況で、就職活動の面接の想定問答のようなテンポで返答できるはずがない。

「岸部さん」差し出がましいことを承知で、真理亜は口を挟んだ。「ここは警察の方にお任せしましょう」

有紀は顔の小皺を深めるように、顰めっ面を見せた。攻撃的な犬を思わせる。

「質問に答えなきゃ、何もはじまらないでしょう?」

母親の言い分は、娘の心配よりも犯人への激情が上回っているように感じられた。

だが、娘が襲われた母親の怒りとしては、当然なのかもしれないと思い直し、真理亜は「すみません」と謝った。

「意識はあったの?」

有紀が娘に問いただした。

愛華の瞳に怯えが宿った気がするのは、思い過ごしだろうか。存在しない感情を勝手に読み取ってしまったのか。それとも――。

彼女は何も反応を見せなかった。

「相手は誰？」

有紀は重ねて追及した。

まばたきはない。

「愛華の知り合い？」

まばたきはない。

明澄は「お母さん」と咎《とが》める声を出したが、有紀は質問を止《や》めなかった。

「若い男？」

まばたきはない。

有紀はうんざりしたようにため息を漏らした。

「答えなきゃ、何も分からないじゃないの！」

「落ち着いてください、お母さん」明澄がぴしゃりと言った。「お嬢さんが怖がっています」

有紀が明澄を睨みつけた。

「表情も変わらないのに、愛華の気持ちが分かるの？」

「だからこそ、一方的にならないよう話がしたいんです。どうか私にお任せいただけませんか？」

真摯《しんし》な口調だった。

有紀は下唇を噛んでいたが、やがて小さくかぶりを振って一歩後退した。

明澄は安堵の表情を浮かべ、愛華に向き直った。

「今、不安を感じてる？」

愛華の瞳が明澄のほうへ動いた。だが、他に反応は見せない。

「正直な気持ちを教えてくれる？　無理強いはしないから」

明澄は優しく語りかけ、黙り込んだ。愛華が答えようと思うまで待つように。

病室に沈黙が降りてきた。立っている各々の息遣いだけが聞こえている。

愛華はまばたきをしなかった。

「今はまだ話したくない？」

明澄が訊くと、愛華ははっきりと一回、まばたきをした。

「話すのはつらい？」

愛華はまたまばたきを一回した。

明澄は共感するように、二度うなずいた。

「思い出したくない？」

愛華のまぶたは動かなかった。目は開いたままだ。

言葉を発することができない患者から話を聞くことがこれほど大変だとは思わなかった。

コミュニケーション方法が完全に閉ざされている。

本来なら、口をつぐむ被害者に対しても話しかけ続ければ、何らかの言葉を引き出せるのだろう。だが、閉じ込め症候群の愛華は、自分の気持ちを自ら口にする術がない。

一方通行――。

会話が成立しない以上、全て一方通行になってしまう。彼女の心の壁を破るきっかけが見えてこない。

岸部大吾が舌打ちした。

「……まったく埒《らち》が明かんな。これじゃあ、いつまで経っても話が進まん」

厳しい言いざまだった。当然、父親の辛辣な言葉は愛華の耳にも入っているだろう。だが、彼女が何を感じたのか、知ることはできない。

眺めていると、愛華は三回まばたきをした。

やめたいという意思表示だった。被害を思い出すのがつらいのか、答えることを急かす両親のプレッシャーが苦しいのか、言葉を話せない愛華から気持ちを聞くことはできない。表情から察することもできない。

明澄は迷いを見せたものの、静かにうなずき、立ち上がった。

「じゃあ、今日はもう終わりにしましょう」

愛華が心まで閉ざしてしまったら、コミュニケーションを取る手段は一切ない。警察としても難しい事情聴取になっている。本来ならこんなに簡単に引き下がらないだろう。

岸部大吾は露骨に大きなため息をついた。

明澄は岸部夫妻を振り返った。

「ご両親にお話が――」

彼女は岸部夫妻と連れ立って病室を出て行った。

明澄と入れ替わるように、高森が愛華の視界の中に入った。柔らかい声音で話しかける。

「無理をさせてしまったね。担当医としては止めるべきだった。愛華さんの気持ちが一番大事なのに……」

気遣いが感じられた。

常に患者の気持ちを尊重し、説明と同意《インフォームド・コンセント》を怠らず、当人に寄り添って治療する彼らしいと思った。

「警察と医者じゃ、目的が違うからね。医者にとっては患者の安寧が一番だから、それだけは忘れてほしくない」

愛華は最後までまばたきしなかった。

邪魔するのも気が引けたので、真理亜は「失礼します」と言い、高森と東堂を残して病室を出た。廊下で岸部夫妻と明澄が向き合っていた。

「――娘は普通の状態ではない。あのような訊き方を続けても、娘に答える気がなければ何も聞き出せない」

「だからといって強引に問い詰めてもうまくはいきません。お嬢さんの気持ちを大事にしなくては」

「方法はあると思っている。私に任せてもらいたい」

「何をされるおつもりですか？」

岸部大吾は目を細めた。

「二日あれば手は打てるはずだ」

12

夜の闇が病院に覆いかぶさっていた。寒風が裸木の枝々を揺さぶっている。

真理亜はコートの襟を掻き合わせると、夜空を仰ぎ見た。黒雲に月が飲み込まれており、星も見えない。空一面に黒色のセメント建材《スレート》を張ったかのようだ。

赤ん坊は愛華のおなかの中で日に日に育っている。それをどうするのか。

決断するには一日でも早いほうがいいにもかかわらず、彼女の意思はいまだ聞けずにいる。

門のほうへ歩きはじめると、関係者用の駐車場に人影を見つけた。見覚えのある体形《シルエット》だった。

真理亜は駐車場に足を踏み入れると、人影に近づいた。靴音が聞こえる距離だが、彼は振り向かなかった。車の横に突っ立ったまま、闇の一点を見つめている。

驚かせないよう、真理亜は控えめに「高森先生」と声をかけた。

無反応だった。

もう一度呼びかけると、高森はそこで初めて気づいたように、驚いた顔で振り返った。

「あっ、水瀬先生……」

「こんばんは」真理亜は軽くお辞儀をした。「高森先生も今から帰宅?」

「……急患もなかったし、久しぶりに家に帰れるよ」

「今日は大手術だったたって聞いたけど」

「患者が高齢だったから、未破裂脳動脈瘤《のうどうみゃくりゅう》の〝クリッピング手術〟をね」

未破裂脳動脈瘤は、破裂すると、くも膜下出血を引き起こす。そうなると、半数ほどが死亡する。

高齢の場合、破裂予防の治療をする。その一つが動脈瘤の根元をクリップで閉じる〝開頭クリッピング術〟だ。

「〝血管内治療《コイリング》〟なら開頭はいらないけど、閉塞が不充分だと瘤《こぶ》が再発する可能性があるからね。今日は神経を使ったよ」

「お疲れ様」

「ありがとう」

「愛華さんの様子はどう？」

「様子は変わらないよ、半年前からずっとね」

「そういう意味じゃなく――」

「ごめん」高森は苦笑した。「水瀬先生に当たっても仕方ないのに、つい、皮肉が口をついて出た」

「気にしないで。多忙で寝る間もないのに、あんな事件が起きたんだし、担当医として苛立つ気持ちは分かるから」

高森が自分への怒りを嚙み締めていることは、悔恨が滲み出たその表情を目の当たりにすれば、容易に想像がつく。

「事件が発覚してから、落ち着いて話せなかったわよね」真理亜は、夜風になぶられた長い黒髪を耳の裏に搔き上げた。「一度ゆっくり話したかったけど、お互いに時間が――ね」

　高森はうなずくと、少し考える顔をしてから言った。

「自宅まで送っていくよ。車の中で話さないか？」

　真理亜は逡巡《しゅんじゅん》した。

「高森先生の自宅は――」

「僕のことは気にしなくていいよ。水瀬先生の自宅があるのは、電車で何駅だっけ？」

「二駅」

「だったらそう遠くないね。場所は？」

　真理亜は町名を答えた。

「なるほど。方向は同じだし、送っていくよ。移動中でもなかったら、まともに話す時間が作れそうもないし」

　真理亜は申しわけなさでつかの間ためらったものの、結局高森の言葉に甘えることにした。彼とは話したいことが多すぎる。

「じゃあ、せっかくだし……お願いしようかな」

　答えると、高森が助手席のドアを開けた。

「どうぞ」

「ありがとう」

　真理亜はタイトスカートから伸びる脚を折り畳むようにして助手席に乗り込み、シートベルトを締めた。同時に運転席のドアが開き、高森が乗ってきた。シートベルトをして、バックミラーの角度を調整する。

エンジンをかけると、黄金《こがね》色のヘッドライトが闇を切り裂いた。空中に浮遊する埃《ほこり》が可視化される。

高森に番地を教えると、彼はカーナビに住所を入力した。ルートが表示される。

高森が車を発進させた。手術でメスを扱うように慎重なハンドル捌《さば》きだった。助手席に乗っていて安心感を覚える。

医大時代に付き合っていた他大学の彼氏は、運転中に人が変わるタイプだった。荒っぽい運転と他人への罵倒に辟易《へきえき》させられた。それは他のどんな美点も台なしにする欠点で、関係は長続きはしなかった。

高森の運転からは、同乗者への気遣いが感じられる。

真理亜はサイドウインドウからしばらく夜景を眺めた。コンクリートジャングルのビル群の窓明かりが、闇の中で人の存在を主張している。

「——水瀬先生」

高森の声が耳に入り、運転席に目を向けた。彼の横顔の輪郭が薄ぼんやりと浮かび上がっている。

「それで、話っていうのは？」

「……愛華さんのこと」

「うん」

「産婦人科医としては、おなかの子のことが気になってる。もちろん、彼女を襲った犯人がまだ入院していたりして、病院にいるかもしれないって思ったら、怖いけど、今は赤ん坊をどうするか、どうしたらいいのか、悩んでる」

高森は赤信号で車を停止させた。

「……僕は彼女の意思が一番大事だと思ってるよ」

「それは私もそう。今ならまばたきのコミュニケーションで彼女の意思を確認できる。でも、彼女の本心や、悩みや、苦しみは、決して聞けないの」

高森が黙ったままうなずく。

「堕《お》ろしたい？　って訊いて、まばたきで『はい』か『いいえ』か。本人にとっては、そんな単純に答えが出せる問題じゃないはず。答えを出すまでに色んな葛藤があるだろうけど、彼女は言葉を発することができないし、誰かに打ち明けることも、相談することもできない」

「……そうだね」

「自分一人で思い悩んで、答えを出すの？　私は医者として、彼女に何ができるのか。毎日考えてる」

愛華の苦しみを知る術がない。『はい』か『いいえ』のみの返事で一体何が伝えられるだろう。結局、質問する側の誘導尋問になってしまうのではないか。

信号が青に変わると、高森は車を発進させた。ときおり、対向車のヘッドライトが目を射る。

「まばたきで返事ができるって分かったとき、これで彼女とコミュニケーションがとれる、って思った。でも、実際は一方通行で、彼女の意思確認にすぎなかった。質問する側が彼女の気持ちを推測して尋ねて、『はい』か『いいえ』の返事を得るだけ。ただその繰り返し……」

「水瀬先生の悩みは分かるよ。僕も、こんなコミュニケーションの方法があったのか、って、目から鱗《うろこ》だった。でも、たしかに会話にはなっていないね」

「こんなにデリケートな状況で、彼女は閉ざされた心で色んなことを考えているはずなのに、会話ができない」

夜景が後方へ流れていく。

「……残念ながら彼女の葛藤は彼女にしか分からないよ。でもそれは、産婦人科に堕胎しに来る女性も同じじゃないかな？　家庭環境や、恋人との関係、経済的事情――。色んな理由があって、自分たちで決断を下して病院に来てるだろ。医師としてできるのは、インフォームド・コンセントをしっかりして、本人の決断を尊重することだけだ」

「それは――」

「水瀬先生は愛華さんを特別視しすぎじゃないかな。よくも悪くも、ね」

特別視――しているのだろうか。彼女は普通の女性である一方、普通ではない状況にある。

〝普通〟という表現が適しているかどうかはともかく。

何が正しく、何が間違っているのか。

安易に答えは出せない。

「事件そのものについてはどう思ってる？」真理亜は彼に水を向けてみた。「警察の領分だとは思うけど、担当医としては……」

前方を見据える高森の眼差しは、道路を見ているようで、他の何かを睨んでいるように感じた。

「……これはご両親にも責任があると思う」

真理亜は「え？」と訊き返した。「ご両親に何の責任があるの？」

「いや――。忘れてくれ」

「お見舞いの回数が少なくて、放置――あえてそう表現するけど、してたから？」

たしかに毎日のように見舞いに来ていたら、犯人も目的を遂げにくかっただろう。とはいえ、世の中の家族全員が頻繁に見舞いに来て、世話をできるわけではない。岸部夫妻に責任を背負わせるのは酷ではないか。

そう思ったものの、高森が唇を結んでしまったので、彼自身、失言だったと自覚していることが分かった。だから反論は呑み込んだ。

気がつくと、見慣れた住宅街に来ていた。そのまま五分ほど走ったとき、自分のマンションが見えてきた。

短い時間ながら高森と話ができてよかったと思う。だが、自分の中で結論は出せないままだった。

心の中の迷いは消えない。

「着いたよ」

高森が八階建てのマンションの前で車を停めた。何秒か沈黙が訪れた。

真理亜は小さく息を吐いた。

「……ありがとう」

真理亜は礼を言って車を降りた。

13

愛華の病室の前には、高森と二人の捜査官が集まっていた。約束の時間から数分遅れて岸部夫妻がやって来た。見知らぬ中年男性を連れている。

真理亜は傍らで邪魔にならないように立っていた。

中年男性は顕微鏡を覗くような目で愛華を眺めた。彼は丸首のセーターを着ており、肩幅が広い。ニンニク形の鼻の上に銀縁眼鏡が載っかっている。胡麻塩《ごましお》のような髭《ひげ》が口の周りを囲んでいた。

東堂が中年男性を見やり、岸部夫妻に訊いた。

「そちらは?」

答えたのは岸部大吾だった。中年男性を一瞥する。

「著名な精神科医の一之瀬《いちのせ》先生だよ。信頼できる筋から紹介してもらった」

「精神科の先生――ですか?」

「そうだ」

明澄は怪訝な面持ちをしていた。

「お嬢さんの精神面のケアのために、呼ばれたんですか?」

岸部大吾は明澄を横目で見ると、「いや」と首を横に振った。

「先生には催眠療法をお願いしようと思っている」

「催眠療法？」

「愛華が答えることを拒否するなら、一之瀬先生の催眠療法で、何があったのか、答えさせようと思う」

答えさせようと思う——か。

父親として気遣いに欠ける言い回しに本心が透けて見えるようだった。娘の意思を無視しているように感じてしまうのは、彼への偏見だろうか。

「担当医としましては賛同しかねます」高森が強い口調で言った。「本人の同意なく心を暴くことは、人権上、好ましくありません。精神的な負担にもなります」

「犯人逮捕のためだ」

「犯人特定が重要であることは承知しています。しかし、彼女の精神的な安寧が最優先だと考えます」

「馬鹿言うな！　犯人を放置するほうがよっぽど安心できん！　一刻も早く捕まえて、後はそれからだ」

高森は捜査官二人を見た。

「警察も愛華さんの意思を無視して心を暴くことが正義だと考えますか？」

明澄が渋面になった。

「……私も無理やり被害を聞き出すことは避けるべきだと思います」

岸部大吾が不快そうに反論した。

「本人が答えなければ何も分からんだろう？　ただでさえ口が利けないんだ」

「性犯罪はデリケートな事件です。被害者に無理強いはできません。事件を思い出すだけで心に傷が残ることもあります」

「ご心配なく」精神科医の一之瀬医師が口を開いた。「催眠療法はむしろトラウマを抱えた被害者を救うためのものです。今回用いるのは、言ってみれば〝退行催眠〟の一種です。彼女が封じ込めている過去に遡り、記憶を蘇らせるのです」

〝退行催眠〟——か。

話には聞いたことがある。実際に目にしたことはない。本当に信用していいのだろうか。

「性急だと思います」高森が反論した。「彼女と信頼関係を築き、自ら話せるようになるのを待つべきです」

「犯人に関して彼女がどこまで記憶しているか、分かりません。しかし、〝退行催眠〟であれば、見たり聞いたり感じたりした記憶を引っ張り出せるんです」

「それは強引だと思います。彼女は苦しんでいます。だからまだ答えられないんです」

「……皆さんからすれば、胡散臭《うさんくさ》く見えているんでしょう。しかし、催眠療法は確立された技術です。私はこれまでに千人を超える患者を治療し、救ってきました。その中には幼少期に父親から性的虐待を受けた女性もいました。ショックのあまり記憶を封印していたんですが、毎夜、悪夢を見るようになり、不眠が続き、私を訪ねてきたんです。典型的な例です。そういう患者に〝退行催眠〟を施し、過去と向き合うことで少しずつ立ち直らせるんです。前向きな治療ですよ」

「もしそのような治療が必要だとしても、今ではありません。物事には段階があります」

「〝退行催眠〟を施すことによって、聞き取りもスムーズに行えます」

「それは彼女の意思をないがしろにすることになります。催眠状態で全てを喋らされるというのは――」

「ご両親の許可をいただき、私はここにいます。全ては事件解決の糸口を摑《つか》むためです」

「しかし――」

高森が言いよどんだ。

一之瀬医師は困り顔で岸部夫妻を見た。欧米人のように肩をすくめてみせる。

岸部大吾が嘆息混じりに進み出た。

「親として、犯人を一日も早く捕まえたい。そのために必要な手段を講じた」

「……それはもちろん分かっています」

「君に邪魔する権利があるか？　これは家族間の問題だ」

反論が難しかったのか、高森はわずかに眉を寄せただけで、口を閉ざした。

我が子が事件の被害者になったとき、親として精神的なケアを行うことは普通だ。カウンセラーや精神科医のもとへ連れて行き、診療を受けさせることもあるはずだ。そう考えれば、岸部夫妻が一之瀬医師を連れてきたことは責められない。

とはいえ、釈然としない思いは残る。

全員で愛華の病室に入った。

「では、失礼」

一之瀬医師はベッドサイドテーブルに鞄を置いた。メトロノームを取り出し、ベッドのヘッド部分に置く。操作すると、振り子が一定間隔でリズムを刻みはじめた。スローテンポで、聞いていると眠気を誘われる。

一之瀬医師は丸椅子に腰掛け、穏やかな声音で愛華に喋りかけはじめた。

「愛華さん。私は精神科医の一之瀬です。私は味方です。あなたが苦しみを抱えていることは分かります。それを取り除く手伝いをさせてください」

愛華は三度まばたきをした。

まだ何もはじまっていないが、もうやめたい――という合図なのか、それとも、生理的な反応なのか。

はた目には判断がつかなかった。

「愛華さん、体の力を抜いてください。リラックスするんです。海の中を漂っているようなイメージです。そして――メトロノームの単調なリズムに耳を傾けてください」

愛華はまた複数回まばたきをした。

「目を閉じて私の声を聞いてください。いいですか。心を解放し、自由になるんです」

一之瀬医師は、気だるさを誘発するような声音で喋り続けた。愛華のまぶたがときおり痙攣する。迫りくる何かに抗《あらが》っているかのようだ。

やがて、愛華の瞳の焦点が合わなくなってきた。起きたまま夢の世界へ紛れ込んだかのように――。

「嘘は苦しいだけです。心を締めつけます。だから本当のことだけを話すんです。いいですね？」

　愛華の反応はなかった。

「よかったらまばたきで返事してください」

　間を置き、愛華のまぶたが一回、閉じた。

「素直ですね。その調子ですよ。どんどんどん海の底へ沈んでいきましょう」

　非日常的な空間にその場の誰もが一言も発せなかった。

「愛華さん。あなたが妊娠させられた日にちまで記憶を戻してください。そこに立っている男が見えますか？」

　一之瀬医師が質問した瞬間、愛華のまぶたが激しく痙攣しはじめた。眼球が半分ほど裏返り、白目部分が覗く。

「先生！」

　明澄が声を上げた。

「心配はありません」一之瀬医師は彼女を振り返らなかった。「過去と向かい合っている証拠です。彼女は今、犯人と対峙《たいじ》しているんです」

「ですが、これではまるで――」

　――映画で観た〝悪魔祓《ばら》いの儀式〟のようだ。

　明澄もきっとそう思ったのだろう。見慣れた病室が異様な空間に変貌してしまったかのようだった。もし愛華の体が動くなら、水辺に打ち上げられた魚のようにのた打ち回るのではないか。

彼女に唯一できる抵抗が——まばたきなのだ。

本当にこれ以上続けていいのだろうか。

医師としては止めるべきではないか。

真理亜は高森を窺った。彼の表情には苦悩の翳《かげ》りがあった。下唇がぐっと嚙み締められている。

担当医としての葛藤が見て取れた。

しばらくすると、連写のようなまばたきがおさまり、愛華の瞳が天井の一点を見据えた。

「愛華さん」一之瀬医師が暗示をかけるように話しかけた。「あなたは真実しか話せません。素直に喋ることは、気持ちがいいことです。これを機に全てを吐き出してしまいましょう」

愛華が一回まばたきをした。

「それでは、最初に大事なことを訊きます。あなたは今、全てが起こった日を見ているはずです。目の前に立っている人物は、見知らぬ人間ですか?」

まばたきが二回。

「では、あなたの知っている人間ですか?」

愛華のまぶたが閉じ、開いた。

『はい』

病室内に一瞬で緊張が満ちた。

知り合いによる犯行——。

見知らぬ入院患者の仕業ではなかったのだ。警察としては、容疑者を絞りやすくなっただろう。だが、不幸な交通事故で閉じ込め症候群になってしまった愛華の精神的ショックは、どれほどのものなのか想像もつかない。

「一之瀬先生——」明澄が強張った顔のまま進み出た。「私に質問をさせてください」

一之瀬医師は彼女を見つめた後、「どうぞ」と席を譲った。明澄が入れ替わって丸椅子に座る。

「愛華さん。相手について教えてくれる？　あなたを襲ったのは中学や高校時代の知り合い？」

まばたきが二回。

『いいえ』

「バイト先の同僚？」

まばたきが二回。

大学が出てこないのは、彼女が進学しなかったからだろう。中学や高校の知り合いでもなく、バイト先の知り合いでもない——。だったら、どのような知り合いなのか。

沈黙が続いたとき、東堂が高森の顔を見た。その眼差しには全てを見透かすような険しさがあった。

「ところで——先生は『潜水服は蝶《ちょう》の夢を見る』をご存じですか？」

「え？」

「フランスのファッション誌の編集長、ジャン＝ドミニック・ボービーの回顧録、またはそれを原作にしたフランス映画です」

高森は軽く首を捻った。

「……閉じ込め症候群の患者を担当しているのに、ご存じないんですね」

「何がおっしゃりたいんですか？」

「私も今回、閉じ込め症候群について調べていて、知ったんですが、『潜水服は蝶の夢を見る』は有名な作品らしいですね。閉じ込め症候群になってしまったジャン＝ドミニック・ボービーが二十万回のまばたきによって意思疎通を行って、執筆された本です」

まばたきで――。

「いえね、先生が作品をご存じだったなら、まばたきで患者とコミュニケーションが取れる可能性にもう少し早く気づけたのではないか、と思いました」

高森はわずかに眉を顰めた。

「専門外の水瀬先生が先に閃《ひらめ》かれましたね」

病室に不穏な空気が漂った。

東堂が愛華に向き直った。

「――あなたを襲ったのは病院関係者ですか？」

不意打ちで繰り出された東堂の質問を聞いた瞬間、真理亜は衝撃にたじろいだ。

まさかそんな可能性が――？

にわかには信じられない。だが、愛華の瞳には苦しみが宿っていた。もし体を動かせるなら、もがき、暴れたのではないか、と思うほどだ。

「もう限界が――」高森が慌てたように足を踏み出した。「無理をさせすぎです。終わりにしましょう！」

東堂が「駄目です」と言い張った。

「彼女の体調がよくありません。もう催眠を解いてください！」

「彼女の答えが必要です！」

「担当医として許可できません！」

高森の顔には焦燥が表れていた。

愛華のまぶたがまた痙攣した。

「愛華さん！」東堂が高森を押しのけた。そして——彼女に問いかけた。「あなたを妊娠させたのは……高森医師ですか？」

愛華のまぶたの痙攣がおさまった。瞳がわずかに動き、まばたきが——一回。

『はい』——。

14

病室内の誰もが絶句していた。驚愕《きょうがく》に見開いた全員の目が高森に注がれている。

高森が愛華をレイプし、妊娠させた犯人——？

真理亜は小さくかぶりを振った。

何かの間違いとしか思えなかった。愛華が東堂の質問の意味を理解できず、『はい』と答えてしまったのではないか。だが、他の解釈は浮かばなかった。

――あなたを妊娠させたのは高森医師ですか？

愛華は間違いなくまばたきを一回だけした。それは『はい』の合図だった。

「これは――一体どういうことだ」

岸部大吾の怒気を押し殺した声がした。特定の誰かに問うたというより、理解が追いつかず、自然と漏れたつぶやきのようだった。誰もそれには答えられない。

明澄は高森から愛華に目を移した。

「あなたを――レイプした犯人は高森先生なの？」

彼女は念を押すように質問を重ねた。

〝レイプ〟という単語を出した瞬間、愛華のまばたきが激しくなり、止まらなくなった。

体が動かせない分、唯一動かせる部分が暴れているような、異様な反応だった。

彼女は明らかにショック状態に陥っていた。

「これは――」

明澄が動揺した顔で振り返った。困惑の眼差しを一之瀬医師に向ける。

「ショック状態です。目の前の光景に耐えきれず、心が拒絶反応を起こしているんです」

「一体どうすれば――」

「これ以上は無理をさせないほうがいいでしょう。聞きたいことは聞けたはずです」

「彼女を解放してあげてください」

一之瀬医師がベッドに歩み寄ると、手のひらで愛華のまぶたを覆った。

「すぐに催眠を解きます」

彼が催眠の解除をはじめた横で、東堂が高森を見据えた。険しい眼差しだった。

「さてと。被害者の告発――ですね、これは」

高森の瞳が動揺に揺れていた。

「内部犯の線も疑っていましたが、正直、当たってほしくなかったですね。信頼している医師に裏切られるショックは、何よりも大きいでしょうから」

高森は首を横に振った。告発の事実を認められないかのように――。

「担当医なら、看護師がやって来ない時間帯も把握しているでしょうし、病室に出入りしていても怪しまれません」

「これは――」

高森の声はかすれていた。

「何です？　彼女が嘘をついていると――？」

一之瀬医師が振り返った。催眠は解除し終えたらしく、愛華は眠りに落ちたようにまぶたを伏せている。〝退行催眠〟の疲労が残っているようで、髪の生え際に玉の汗が滲み出ている。

「彼女は真実だけを話しています」一之瀬医師が断言した。「というか、嘘をつけないんです。私が〝退行催眠〟でそういう暗示をかけたからです」

高森は反論せず、下唇を嚙んだ。白衣の裾をぎゅっと握っている。

「嘘――よね？」

真理亜は信じられない思いでつぶやいた。

高森がもう一度きっぱり否定してくれることを願った。だが、彼は何も言わなかった。

代わりに言葉を発したのは一之瀬医師だった。

「暗示下では嘘がつけません。嘘をつこうとしたら、心に逆らうことになるので、苦しくなり、耐えられなくなります。だから彼女は真実を話しています。それは私が保証します」

嘘がつけない中での告発——。

改めて聞くと、現実を思い知らされた。衝撃に打ちのめされ、膝からくずおれそうになる。

「……高森先生じゃないんでしょ？」

真理亜は縋る気持ちで問いただした。

高森は唇の片端を歪めた。

冤罪《えんざい》なら何度でも否定すればいい。その場の誰も信じなかったとしても、否定し続けるべきだ。だが、彼は反論を諦めてしまったかのように、黙り込んでいる。

信じられない。先日も、患者を救うことをあんなに熱っぽく語っていたではないか。彼は真摯で、思いやりにあふれ、真面目が白衣を羽織ったような人物だった。

それがまさか——。

高森は床に視線を落としていた。

なぜ反論しないのか。罪を認めるのか？　言い逃れできない状況とはいえ、否定してほしかった。

東堂が促すように訊いた。

「何か言いたいことはありますか？」

高森は床を睨んだまま、つぶやくように言った。

「——です」

エアコンのわずかな送風音に掻き消されそうなほどの小声だった。聞き取れなかった。

東堂が「何です？」と顔を顰めた。

高森は顔を上げ、東堂を真っすぐ見返した。今度は全員に聞こえる声ではっきりと言った。

「こ、これは愛です」

彼の声には狂気が忍び込んでいるように感じた。全く揺るぎのない眼差しをしている。

愛——？

高森は一体何を言っているのだろう。寝たきりの女性をレイプし、妊娠させることが愛？

「何が愛だ！」岸部大吾は唾を撒《ま》き散らしながら怒鳴った。「ふざけるな！」

今にも摑みかからんばかりの憤激だった。体の脇で拳が打ち震えている。

「愛です」

高森はそれで全てを説明できると思い込んでいるかのように、繰り返した。

東堂が怒りを湛えた顔を見せる。

「愛とは？」

高森は深呼吸すると、たっぷりと間を置き、言い放った。

「世の中の大多数に批判されたとしても、愛、です。愛は他人の常識や倫理で縛られない崇高なものです」

彼の発言に愕然《がくぜん》とした。これは性犯罪者の身勝手な自己正当化の言い分だ。

東堂が厳しい語調で言った。

「それは愛ではありませんよ。犯罪です」

高森は唇を真一文字に引き結んでいる。言葉の代わりに唇の隙間から、シューッと息が漏れていた。

「あなたは医師としての立場を利用して、患者を傷つけたんです。決して許されない犯罪です」

岸部大吾が「何とか言ったらどうなんだ！」と吠《ほ》える。

しかし、高森は語《こと》るべき言葉をなくしたように、黙ったままだった。

「綺麗な単語で糊塗したとしても、これは準強制性交等罪です」東堂が言った。「準――というのは、心神喪失や抗拒不能に乗じて暴行した場合の罪名で、法定刑は強制性交等罪と同じです。五年以上の有期懲役です。罪の重さを自覚していますか？」

罪名を突きつけられたことで、少しは現実を理解したのか、高森の視線が泳いだ。

彼は何かを言いかけ、愛華を一瞥した。その瞬間、「娘を見るな！」と岸部大吾の怒声が飛んだ。高森の視線で娘が汚されるとでもいうように。

高森はビクッと肩を震わせ、目を戻した。だが、その瞳は誰にも焦点が合っていない。意図して合わせないようにしているかのようだった。

東堂が言った。

「もう言い逃れはできないんです。正直に答えてください。あなたは〝愛〟で愛華さんを暴行したんですか？」

高森は答えなかった。ひたすら沈黙だけが続く。

それが答えだった。

真理亜は平手打ちをしたい衝動を我慢した。信頼を裏切られた気持ちだった。

まさか高森が犯人だとは想像もしなかった。冷静に考えてみれば、東堂の言ったとおり、担当医なら犯行はたやすいだろう。一之瀬医師の退行催眠に反対するわけだ。だが、本人が認めた今でも信じられない思いのほうが強い。

高森は患者想いの立派な医師だ。

それがなぜ——。

愚問だ。

性犯罪では特に、経歴や肩書きは何も保障しない。教師も、警察官も、大学教授も、政治家も、有名大学の学生も、聖職者も、人権派の著名人も、性犯罪や下半身の不祥事で逮捕されたり、辞職したりしているではないか。

患者想いだった高森の顔から爽やかな仮面が剝がれ落ち、欲望を抑えきれない醜悪な性犯罪者の本性が覗いた気がして、真理亜はおぞけ立った。

昨日、彼の車に乗った。自分のマンションまで送ってもらった。彼を信頼していたから、身の危険など考えたことはなかった。二人きりで、車の振動に身を委ねた。もしかしたら、車中で襲われていたかもしれない。

「——あんたが!」

突如、有紀が高森医師に摑みかかった。白衣の下のシャツを鷲摑《わしづか》みにし、胸倉を絞り上げる。

彼女は室内に響き渡る剣幕で怒鳴った。

「よくも私の娘を！」

高森は苦しげに顰めた顔を逸らした。

「お母さん！」

明澄が駆け寄った。二人のあいだに割って入り、何とか有紀を引き剝がした。

「落ち着いてください！」

有紀が明澄をねめつけ、歯を剝き出した。

「警察は犯罪者の味方をするの！」

「違います。そうではありません」

「じゃあ、何で止めるの！」

「お気持ちは分かりますが、手を出してしまっては——警察も見過ごせなくなります」

有紀は高森を睨みつけ、歯軋りした。

高森は喉を押さえ、咳《せ》き込んでいる。病室には今にも爆発しそうな岸部夫妻の怒りが充満していた。

「娘を傷つけたのは——」岸部大吾は高森に人差し指を突きつけた。「その医者だ」

東堂が「もちろんです」とうなずいた。

「立場がなければ、ぶん殴っているところだ。目の前に娘を妊娠させた性犯罪者がいるんだからな」

「後は——我々、警察が」

「万が一にも不起訴にしたら許さんぞ」

「……まずは彼からしっかり事情聴取をします。そのうえで犯行事実が固まれば、もちろん送検します」

「誰の娘をレイプしたのか忘れるな」

東堂は言葉を返さず、うなずいたのか分からない程度に小さく顎を下げるに留《とど》めた。政治家の圧力で警察が動いているように見えたら問題だからだろう。

岸部大吾もそれは分かっているらしく、言質《げんち》は求めなかった。二人きりならもっと圧をかけていたかもしれない。

「あなた方には――」高森は岸部夫妻に目を移した。「愛の重みが分からないでしょうね」

「何だと！」

岸部大吾が激昂《げっこう》する。有紀が金切り声で罵倒を発する。

高森は罪悪感のかけらも見せず、突っ立っていた。今や彼は別人のようだった。

東堂は高森に歩み寄った。

「……署でお話を聞かせていただかなくてはいけません。拒否はされないでしょうね？」

高森は眉根を寄せたまま、うなずいた。抵抗せず、東堂に連れられていく。

ドアの前で彼は振り返った。

「愛は――決して誰にも引き裂けないんです」

高森の思い込みの強さに真理亜は戦慄した。

岸部大吾は怒りが籠った息を鼻孔から吐いた。

彼はおさまらない怒りのぶつけどころを探すかのように、病室内を見回した。彼の目に入ったのは真理亜だった。

岸部大吾は目を細めた。

「これは病院の防犯意識とか、そういう問題じゃないぞ。病院の医師が犯人だったんだ」

「申しわけありません……」

同じ医師として謝罪するしかなかった。高森の犯行に対して何かができたわけではないが、責任を痛感する。愛華本人に対してはもちろん、家族である岸部夫妻に対しても。

彼はさらに声を上げようと口を開いたものの、一介の産婦人科の女性医師を怒鳴っても意味はないと考えたのか、肩を大きく上下させて息を吐いた。

「ここに大河内院長はいるか？」

「……はい。今日は院長室にいると思います」

「そうか。今回の件に関しては責任を取ってもらう。もう責任逃れはできんぞ」

岸部大吾の声には、政敵を苛烈に追及するような厳しさがありありと表れていた。

大河内院長が浴びせられる非難の怒声を想像すると、空恐ろしくなった。岸部大吾の剣幕を考えると、何らかの責任を取るまでおさまらないのではないか。

『江花病院』はどうなるのだろう。

大河内院長が退き、副院長がその座につけば、病院は患者ファーストから変わってしまうかもしれない。

一体誰のための病院なのか。

一体何のための病院なのか。

分からなくなる。

「行くぞ、有紀」

岸部大吾は妻と連れ立って病室を出て行った。ドアが荒っぽく閉められる。

二人は最後まで愛華に話しかけることはなかった。一番の被害者である彼女が二の次になっている気がする。

一之瀬医師も一礼して出て行く。

愛華と二人きりになると、真理亜は落ち着かなくなった。

担当医に裏切られた彼女をどうケアすればいいのか。

医師が信頼できないことほど、患者にとっての悪夢はない。患者が最も無防備になる場所で、その身を預ける相手に裏切られ、傷つけられる――。

真理亜は丸椅子に腰掛けると、愛華の寝顔を見つめた。先ほどのショック状態が嘘のように安らかな表情だ。もっとも、表情を変えることはできないので、第三者の印象にすぎないのだが……。

高森の言う〝愛〟が一方的だったことは間違いない。愛華の反応が何よりの証拠だ。

真理亜は深く息を吐いた。

愛――か。

恐ろしい言い分だと思った。彼女の無防備な姿を見ているうちに欲望が抑えきれなくなって――と言われたほうがまだ犯行の動機として理解できる。

思い返せば、高森は愛華に入れ込みすぎている気がした。彼女の話をするときの表情は、ただの患者に対するものではなかった。

若い女性の医者——という立場上、彼のような表情と声色で一方的に好意を語る患者を何人も経験している。産婦人科の診察に留まらず、他の科の医師を手助けした際、職務としての献身を個人的なものと勘違いした患者に言い寄られた。愛があると思い込んだ男に迫られた。

愛華のケースは逆だ。

高森は献身的に彼女を担当するうち、それが愛だと思い込んだのだ。そして、愛華を——。

真理亜は唇を噛み締めた。

愛華をレイプした犯人は明らかになった。だが、それで解決するわけではない。

愛華を救うにはどうすればいいのか。

「愛華さん……」

真理亜はぽつりとつぶやいた。

そのつぶやきに反応するかのように愛華のまぶたが痙攣し、ゆっくりと目が開いた。

「あっ——」

心の準備ができておらず、言葉が出なかった。声が喉の奥に詰まったままだ。

愛華の表情に変化はなかった。それがいっそう痛々しく、胸が締めつけられた。

何かを言わなければいけない。愛華から言葉を発することはできないのだから。

真理亜は深呼吸で気持ちを落ち着けた。愛華に見えない位置で——膝頭の上で拳をぐっと握る。

「……愛華さん」

何を言えばいいのか、探り探りになってしまう。こうして二人きりで向き合っても愛華の心は見えない。

「私の声が聞こえていますか？」

無難な質問になった。

「聞こえていたら、まばたきで返事してください」

愛華が一回、まばたきした。

『はい』

彼女が喋れない以上、常にこちらが気持ちや本音を推測し、質問の形で確認していくしかない。

「さっき何を答えたか、覚えていますか？」

反応があるまで間があった。

そして――まばたきが二回。

〝退行催眠〟中の記憶はないのか。彼女は担当医を告発したことも覚えていないのだろう。

――それは救いなのだろうか。

高森の話をしたら、先ほどのようにレイプされたショックがフラッシュバックして大変なことになる。刺激的な表現は避けなければいけない。

そう考え、比較的穏当な質問をした。

「具合が悪いところはありますか？」

まばたきが二回。

〝退行催眠〟の影響が残っているかと思ったが、少なくとも体調は崩していないようで、ほっとした。だが、『はい』か『いいえ』の二択では微妙な不調を伝えられないだけかもしれず、安易に安心してしまうのも禁物だ。

「吐き気などはありますか？」

〝つわり〟という表現は控えた。望まぬ形の妊娠を意識させないよう、配慮したのだ。

愛華は二度まばたきをした。

「そうですか」真理亜は少し考えてから訊いた。「では、何か私に伝えておきたいことはありますか？」

まぶたは数秒間、動かなかった。じっと待つと、やがて愛華は一回だけまばたきをした。

自分で質問しておきながら、失敗したかもしれない、と悔やんだ。伝えておきたいことがある、と分かったとしても、それが何なのか、どうやって把握すればいいのか。

「それは体調のことですか？」

二回のまばたき。

体調以外――か。

一体何だろう。彼女の声を聞けない以上、こちらが推測して当たるまで質問するしかない。

愛華とはコミュニケーションが閉ざされている。

今の彼女が一番気にするとしたら――。

「高森先生のことですか？」

思い切って半歩だけ踏み込んでみた。

二回のまばたき。

外れ——なのか。

彼女が真っ先に気になることだと思ったのだが……。

「おなかの赤ん坊のことですか？」

二回のまばたき。

体調でもなく、高森でもなく、赤ん坊でもない。他に何があるだろう。

「ご家族のことですか？」

二回のまばたき。

思いつく問いかけを全て否定されてしまったら、話の糸口が摑めない。

「ご自身の病気のことですか？」

またしても、二回のまばたきだった。

彼女は一体何を伝えたいのだろう。

真理亜は無力感を覚え、下唇を嚙んだ。血が滲みそうなほど強く——。

愛華は疲れ果てたのか、現実から逃げるように、静かにまぶたを閉じた。

15

——三ヵ月半前

自分はなぜ生きているのだろう。

毎日自問する。

視界に映る景色は灰色の天井だけだった。

掛け時計が秒を刻む音に耳を傾けながら、豆粒のような黒っぽいシミを眺め続けた。

あのまま死んでいれば――。

命が助かった奇跡を喜ぶ心境にはならなかった。医者も看護師も、事故の惨状を考えれば奇跡だと言う。だが、そんな奇跡など欲しくはなかった。

この先、一生自分は――。

体を動かすことができれば――。

不自由な自分の体がもどかしかった。全身をセメントで固められ、目だけが外に出ているような感覚だ。

毎日毎日、天井のシミを数える以外は、孤独の中で追想に耽《ふけ》るしかない。

子供時代からおとなしい性格だった。

母親が毎夜毎夜、絵本を読んでくれたから、幼稚園に入ったときにはひらがなが読めた。そのおかげか、小さいころから本を読むことが好きだった。

中学高校時代は、クラスメートたちがグループを作って仲よく楽しんでいる中、教室の片隅で一人、本を読んでいた。夏目漱石や太宰治、芥川龍之介にはじまり、純文学にのめり込んだ。海外文学では、ヘミングウェイやディケンズも愛した。

退廃的で、時に破滅へ向かうような物語に惹《ひ》かれた。行間を読ませてくれる作品も、流麗な文体を味わわせてくれる物語も好きだった。

いつしか、自分でも小説を書いてみるようになった。原稿用紙を購入し、ペンで文字を綴《つづ》った。自分の中にある感情を表現するのは難しく、もどかしかった。言葉を知っていても、不自由で、だからこそ魅力があった。

物語の世界にだけ浸っていられたら、どれほど幸せだろう。書いて読み、書いて読み――。

高校卒業後は、毎日、部屋に籠っていた。

実家暮らしの身に甘え、文学に人生を捧《ささ》げる覚悟で、原稿用紙に向き合っていた。テーマは常に〝孤独〟や〝死〟だった。その不穏で甘美な響きに惹かれ、若くして惜しまれながら世を去る主人公に自分を投影した。それこそが自分にとっての文学だった。

だが――。

一つの出会いで変わった。

愛を知ったのだ。

訪れた図書館で出会い、同じ本を手に取って意気投合し、話すようになった。連絡先を交換し、会うようになった。告白されて付き合うまでに時間はかからなかった。

それなのに――。

悔恨に胸が掻き毟《むし》られる。

目を開けると、相変わらず灰色の天井が視界に広がっていた。シミを見つめる。

今は絶望感の海をたゆたっている。いや、実際には海底が存在しない海中へ沈んでいるのかもしれない。

訪ねてくるのは両親と担当医と看護師だけ――。

身の回りの世話は全て他人《ひと》任せだ。排泄《はいせつ》の処理も看護師にされる。自分では何もできない。

「――それではおむつを交換しますね」

看護師が日に何度かやって来る。

大の大人がおむつ――。

それは惨めで、羞恥に押し潰されそうだった。だが、身動きできず、尿意や便意を伝えられない状態では仕方がなかった。看護師といえども、無言の患者の生理現象を察することはできない。

聞かされた話によると、あの転落事故の後、別の病院に運び込まれ、遷延性《せんえんせい》意識障害と診断されたという。つまり、自力で動けず、声も出せず、意識がない状態だ。

その後、『江花病院』に移送され、脳神経外科医の高森医師によって閉じ込め症候群だと診断された。

両者の違いは、意識の有無だという。

「誤診――という表現が適切なのかどうか」高森医師が言った。「遷延性意識障害の患者が回復した後、実は意識があったと告白して、閉じ込め症候群だったと判明するケースもあります。意識が存在し、目も見え、耳も聞こえるのに、誰にもそれに気づいてもらえない――。それは不幸です」

全く返事ができないので、高森医師の説明をただ聞いているしかなかった。

「ただ——その診断はとても難しいんです。あなたは病院に搬送されたときから意識がずっとあったんでしょうか？」

高森医師は返事がないのを承知で問うている。

意識は——なかった。意識が戻ったときは、転落事故から三ヵ月が経っていた。

「搬送された時点で意識がなく、遷延性意識障害と診断された後、意識だけ取り戻し、閉じ込め症候群に変わったケースだと、再検査しないかぎり遷延性意識障害と診断されたまま、ということもあります」

おそらく自分もそういうケースだったのだろう。前の病院の医師を責められない。

「意識があることが幸せなのか、不幸なのか——。僕には分かりません。あなたはどうですか？」

ベッドのそばに座っている高森医師は、深刻な口ぶりで語り続けていた。

それは患者本人への問いというより、自問のようだった。語ることで自分なりの答えを探しているように感じた。

答えたくても答えられない。

こんな状態で生きながらえるなら、助からないほうがよかった——。

何度そう思っただろう。

自由にならない人生に絶望し、愛も叶わなかった。

心が人形のような肉体に閉じ込められ、意識だけが存在している状態で、この先、何の希望があるだろう。絶望や悲観を吐き出したくても、声は誰にも届かない。

こうなってしまった患者は、目の前の医師を全面的に信じ、身を任せるしかない。

脳神経外科医の高森医師を信じることにした。

高森医師が病室を訪ねてきたのは、ある日の深夜だった。看護師がやって来ない時間帯を見計らっての訪問だ。

高森医師は話しはじめた。閉じ込め症候群の説明だけではなく、病気に対する彼自身の想いも語る。

彼は〝愛〟について喋った。

高森医師は親の反対で諦めざるを得なかった過去の失恋の苦しみを語り、自分が恋愛に臆病になった話をした。

それをただ聞いているしかなかった。

「――僕もね、あなたと同じで、親が障害として立ち塞がりました。親はちゃんとした女性との結婚を望んでいたようで、僕が結婚を考えた女性はお眼鏡に適《かな》わなかったんです」

一体どんな女性だったのだろう。興味を抱いたことが瞳に表れたのか、彼がさらに語った。

「彼女は高卒で、勉強も得意ではなく、バイトしながら実家で〝家事手伝い〟をしている女性でした。名前は友理奈《ゆりな》。彼女は料理が大好きで、デートのたび、手料理をご馳走《ちそう》してくれました。僕がそれなりのお店で外食しようと提案しても、私は手料理を食べてもらいたいの、と言って聞かず、お弁当まで作ってくれて――」

高森医師の瞳に悔恨の色が滲む。

「しかし、両親は許してくれませんでした。父親はＩＴ企業の重役で、母親は某病院の理事長をしていて、二人とも、彼女の美点を何一つ評価してくれませんでした」

声に苦渋が滴っている。

「彼女は決して人の悪口を言わず、いつもにこやかで、友達に囲まれている女性でした。物事に対して批判的な目しか向けない両親とは対照的で、今思うと、だからこそ、僕は余計に惹かれたのかもしれません」

言葉を返せない相手だから喋りやすいのか、高森医師は饒舌《じょうぜつ》になっている。

「母は男に尽くすタイプの——いわゆる家庭的な女性像を嫌悪しているから、そういう女性の存在が許せないんです。父は学歴を重んじているから、大学を出ていない彼女を見下していました。彼女は息子の妻に相応《ふさわ》しくない、と繰り返すんです。友理奈を紹介したとき、本人に言い放ちました。彼女の強張った顔は忘れられません」

高森医師の瞳は濡れていた。

彼女の苦しみが痛いほどよく分かった。相手の親から自分の価値観を全否定されるつらさ——。自分の人生そのものを否定された気になる。

「『若いのにそんな古臭い価値観に囚《とら》われているなんて——』母は友理奈にそう言いました。彼女は涙を見せながらも、『彼が好きなんです』とはっきり言ってくれましたが、鼻で笑われて終わりです」

高森医師は悔しさを噛み締めるようにしばらく黙り込んだ。

「母は自分が社会でバリバリやっているし、父はそんな母を愛しているので、友理奈のような価値観も生き方も認めていないんです」

優秀な脳神経外科医が見せた弱々しさに自分を重ね、胸が詰まった。体が動けば、彼の肩に手を添えていただろう。

何秒か沈黙が続いた。

「あなたは彼女と同じです」高森医師の口調が急に強まった。「相手の親に認めてもらえず、結ばれない運命を悲観して――」

彼の手が二の腕に触れた。声が出れば、『あっ』と漏らしていただろう。

「……そう、あなたは友理奈なんです」

高森医師の声には、ある種の覚悟を決めたような、思い詰めた響きがあった。

「だから僕は――」

やがて、高森医師の手が下半身に伸びてきた。パジャマの中に手が差し込まれた。

股間をまさぐられている感覚がある。

身動きが取れず、指一本動かせない状態で、赤の他人の男の手でそんなことをされるのは屈辱的で、惨めだった。ひたすら我慢し、耐え忍ぶしかなかった――。

16

『私立江花病院に入院している20代の閉じ込め症候群の女性患者が妊娠した事件で、S警察署は、被害者の担当医である脳神経外科医・高森正英容疑者(33)を逮捕した。高森容疑者は

『これは愛です』と口にし、その後は黙秘しているという』

高森が逮捕されたことをデジタル配信のニュースで知った。夕方のニュースでも報じられたのだろう。

報道されてもなかなか信じられない。

真理亜は自宅のソファに腰掛けたまま、天井を仰ぎ見た。蛍光灯の白光がまぶしい。明るさは全然違うにもかかわらず、手術室にいるような錯覚に陥る。

同じ医師として責任を感じるし、愛華の絶望を想像して胸が押し潰されそうになる。

彼女は誰の犯行か、知っていた。知っていながら、三ヵ月近く高森を担当医として受け入れるしかなかった。妊娠が発覚するまで、訴えたくても訴えられない絶望はどれほど深かっただろう。声も出せず、文字も書けない。

そのとき、真理亜は恐ろしい想像をした。

高森の犯行は一度だけだったのだろうか。

高森がずっと担当医として彼女を診ていたとしたら、犯行の機会は何度でもあっただろう。蛮行が一度きりで終わったとは思えない。

そうだとしたら――。

指一本動かせない愛華は、無抵抗のまま何度も欲望の捌《は》け口にされたことになる。

真理亜はおぞけ立った。

宿直室と違って安らぐ自室にいるのに、気分はどん底まで沈み、暗澹《あんたん》たる気持ちになった。

高森の犯行は許されないことだ。

愛華に与えた苦痛は計り知れない。患者を守り、救うはずの医師による最大の裏切りだ。

SNS《ツイッター》を確認すると、高森への憤激と憎悪の声があふれ返っていた。

『こんな医者は死刑にするべきだ』

『絶対に許すな』

『去勢しろ』

『被害者が可哀想』

『医師失格だ』

それが世間の声だった。

真理亜はテレビを点《つ》けた。夜のニュースの時間帯だ。高森の逮捕が報じられるかもしれない。

チャンネルを変えていくと、同時間帯の中で最も視聴率が高いニュース番組に『江花病院』のテロップが出ていた。リモコンを持つ手が緊張する。

画面に映っていたのは、厳めしい顔をした岸部大吾と有紀だった。複数本のマイクが置かれた長テーブルの向こうに座っている。フラッシュがまたたく。

記者会見――。

真理亜は画面から目を離せなかった。

岸部大吾がなぜ記者たちの前に座っているのだろう。

「――私は病院のあり方を問いたいと思っています。患者の安全が確実に守られる社会でなくてはいけません」

閉じ込め症候群《ロックドインシンドローム》の女性——と報じられた時点で、政治家・岸部大吾の娘だと世間は気づいている。だが、被害者を守るために愛華の名前は報じられていないし、岸部大吾と結びつけた記事も出ていない。

岸部大吾が記者会見を行ったら、被害者が誰か、もう暗黙の事実ではなくなり、公の情報となってしまう。メディアも報道しないわけにはいかなくなる。

当然、愛華の許可は取っていないだろう。彼女は普通ではないから性犯罪被害を公表しても問題ない、という考え方なのだろうか。

性犯罪の被害者。政治家の娘。閉じ込め症候群の患者——。複数の立場に置かれた愛華。一体何が優先するのだろうか。

真理亜は唇を噛んだ。

性犯罪の被害者という立場が最も軽いものとして扱われている気がしてならなかった。

親としてこの記者会見はあまりに浅慮ではないか。

「——病院には責任があります。不幸な事故で苦しんでいる娘をさらに傷つけたのです。病院を信じて娘を預けた親の苦しみをどうか想像してみてください」

岸部大吾は抑えた声で病院を批判し、大河内院長の責任を国民に問うた。

真理亜は出勤すると、午前中の診察を終えてから院長室のドアをノックした。

「水瀬です」

名乗ると、室内から「どうぞ」と応じる大河内院長の声が返ってきた。

真理亜はドアを開け、院長室に入った。肘掛け付きのチェアに腰を落としている大河内院長は、疲労が色濃く滲み出た顔で視線をプレジデントデスクに落としていた。

「……大丈夫ですか？」

大河内院長は重いため息をついた。顔を上げると、弱々しい眼差しと対面した。

「正直――参ってるよ」

真理亜はうなずいた。

「まさか高森先生が――」大河内院長は下唇を嚙んだ。「正直、信じられない思いだよ」

「私もです」

「しかし、被害者の患者の告発があって、本人も認めている以上、事実として受け入れざるを得ん」

愛華には〝退行催眠〟がかかっていた。嘘がつけなかった。意識がある状態で暴行された彼女は、犯人を知っていた。その彼女が高森医師を犯人として訴えた。

「病院の医師が犯人だったのだから、私も何らかの責任は取らねばならないだろうな……」

大河内院長の目には悲壮な覚悟が宿っていた。

「辞められるんですか？」

彼は顎に力を込めると、まぶたを伏せ気味にした。院長室に沈黙が降りてくる。

待っても答えは聞けなかった。

「これは高森先生が起こした事件です。誰にも予期できませんでした」

「そうだな。誰にも予期はできなかっただろう。だが、上の人間は責任を取るためにいるんだよ」

「院長が辞職しても、病院がよくなるとは思えません」

大河内院長は諦念の籠った苦笑いを浮かべた。

「……それが政治というものだよ」

政治——か。

責任を問うことは大事だ。誰かが責任を取らなければおさまらないこともある。

だが——。

誰もその後のことは考えていない。責任を追及し、辞職させれば溜飲《りゅういん》が下がり、満足する——。

真理亜はぐっと拳を握り締めた。

岸部夫妻の怒りは痛いほど理解できる。大事な娘が病院内で医師にレイプされ、妊娠させられたのだ。病院の責任を追及するのも当然の感情だろう。

だが——。

経営者としての視点と医者としての視点を併せ持っている大河内院長がその地位を譲れば、『江花病院』は——。

個人の性犯罪の責任は一体誰が取るべきなのか。

「院長……」

言葉は続かなかった。

「ところで——」大河内院長は神妙な顔で言った。「閉じ込め症候群《LIS》の患者とコミュニケーシヨンをとっているそうだね」

話を変えたかったのだろう。

真理亜は「はい」とうなずいた。「まばたきの回数で、『はい』と『いいえ』を答えてもらっています。こちらが一方的に質問するしかないんですが、それでも今までとは違って、彼女の意思や気持ちが確認できます」

「それはいいことだね。よくそんな手段が閃いたね。アナログだけど、有効だ」

「ありがとうございます。ですが、閉じ込め症候群《LIS》の患者のまばたきで綴られた本もあるそうで、特別なアイデアというわけでもないようです」

「近年は技術も進歩しているからね。たとえば、眼球も動かせない完全閉じ込め症候群の患者の場合、まばたきでもコミュニケーションは不可能だ。しかし、二〇一七年、スイスの神経工学センターがBCI――ブレイン・コンピューター・インターフェースを開発した。頭の中で考えるだけで、質問の答えが分かるシステムだ」

「そんなシステムが現実に――?」

「脳内の血中酸素濃度と電気的活動の変化を測定する近赤外分光法《NIRS》と脳波記録《EEG》を用いるんだ。イエスかノーで答えられる質問をすれば、脳の特定の部位の働きが強まって、その領域の血流と酸素供給量が増える。それで判断するんだよ」

「画期的ですね」

「そうだね。ただ、患者によって現れる領域の形が違うから、個人に合わせて調節が必要だったり、課題もあるようだが」

大河内院長は今回の件があったから、わざわざ調べたのだろう。愛華を気にかけていることが分かる。だからこそ、彼には残ってもらいたいと思う。

そのとき、ノックの音がした。

大河内院長が室内から応じると、ドアが開き、女性看護師が顔を出した。

「あのう……」

女性看護師は言葉を濁した。

「どうした？」

大河内院長が訊くと、彼女が答えた。

「岸部ご夫妻が病室に来られています」

岸部夫妻の名前が出たとたん、大河内院長の顔に緊張が表れた。表情が引き締まる。

「娘さんの病室に？」

「はい」

「見舞いじゃないのか？」

「それが――」女性看護師が困惑混じりに答えた。「愛華さんを転院させるとおっしゃって――」

「転院……」

大河内院長は眉間に皺を寄せた。

岸部夫妻の感情としては当然だろう。信頼して娘を入院させていた病院で事件が起きたのだ。これ以上、娘を預けておけない、と考えても無理はない。

「……私が話してみよう」

大河内院長は覚悟を決めた顔つきで立ち上がり、院長室を出て行った。

真理亜は彼の後を追った。

愛華の病室の前に着いたとき、開けっ放しのドアの隙間から怒鳴り声が聞こえてきた。

「――など任せられるか！」

「しかし、岸部先生……」

「患者の安全も守れん病院に娘を任せられるか？」

「お怒りはごもっともです。今回のことは決して起きてはならないことです」

「当然だ」

「……うちは脳神経外科に力を入れています。設備も医師も揃っております」

「設備以前の問題だろう」

「私どもにお嬢さんを治療させていただけませんか。院長として責任を取れとおっしゃるなら、そうします。ただ、お嬢さんのために――」

「娘をこんな目に遭わせておきながら、何が娘のためだ！　慰謝料を請求してもいいんだぞ！」

大河内院長の声が途絶えた。

真理亜はたまらず病室に踏み込んだ。

岸部夫妻の尖った眼差しが向けられる。

「君は産婦人科医の――」

以前の自己紹介では名前を覚えていないのだろう。

真理亜はあらためて「水瀬です」と名乗った。

岸部大吾がそんなことは知っている、と言いたげに顰めっ面でうなずいた。

ほんの数秒、気まずい間があった。

岸部大吾が沈黙を破る。

「で、何か？」

真理亜は言葉に詰まった。衝動的に飛び込んだものの、何か考えがあったわけではない。ただ――。

「私に愛華さんのお世話をさせていただけませんか」

岸部大吾が目を細めた。

「何だと？」

「私にお任せいただけませんか」

「なぜ？」

「愛華さんは妊娠しています。彼女の病状や事情をちゃんと理解している医者が必要かと思います。どうか私に担当させてください」

「堕胎するだけだろう？」

「私は彼女を救いたいと考えています」

「手術は一日で終わるはずだ」

「手術は母体に負担をかけます。精神的なケアも含めて、愛華さんに関わらせてください」

真理亜は「お願いします！」と頭を下げた。

頭頂部にひりつくような視線を感じる。自分でもなぜ愛華にこれほどこだわってしまうのか、分からなかった。

それは——罪の意識だろうか。

顔見知りの同期の医師が起こした性犯罪だ。同じ病院で働く医師として防ぐ手段はなかったのか、何度も自問する。気づく余地がなかったとしても、自分の責任を感じてしまう。

ここで愛華を見捨ててしまったら、一生後悔に囚われるのではないか。

真理亜は顔を上げ、岸部夫妻を真っすぐ見つめた。目は逸らさなかった。

沈黙が次第に重くなりはじめたとき——。

「手術して娘の体調が戻るまでだ」

岸部大吾が答えた。

真理亜は胸を撫で下ろし、「どうもありがとうございます」と頭を下げた。

顔を上げ、愛華に目を向けた。彼女は虚《うつ》ろな瞳で天井を見つめたままだ。

「手術はいつするの？」

有紀が真後ろから訊いた。

真理亜は愛華を見たまま答えた。

「まずは愛華さん本人の意思を確認させてください」

「意思？」

「はい。手術の同意を」

有紀は呆れた声で言った。

「そんなもの、答えは決まっているでしょう？」

「愛華さんは成人していますから、本人の同意を得なければ何もできません」

「……あっそう」

有紀は面倒臭そうに嘆息し、愛華に近づいた。

「これから先生に堕胎してもらうからね、愛華」

母親が言ったとたん、愛華のまぶたが二回、閉じた。

え——？

真理亜は目をしばたたいた。

愛華は『いいえ』を示したのだろうか。それとも、単なる生理的な反応だろうか。

有紀が眉間に縦皺を刻んだまま訊き返した。

「中絶してもらうわね？」

愛華は今度ははっきりと二回、まばたきをした。

17

愛華は中絶を拒否したのか——？

理解が追いつかず、真理亜は岸部夫妻とともにベッドの愛華を見つめていた。

緊張の張り詰めた沈黙が続いた。病室の空気は鉛を含んだように重く、息苦しさを覚えた。

岸部夫妻は互いの表情の中に答えを求めるかのように、顔を見合わせた。だが、まだ現実を受け止められていないのか、無言のままだ。

目を疑ったのは真理亜も同じだった。

愛華は自分の置かれた状況や質問の意図がはっきり分かっていないのではないか。衝動的な感情か、あるいは――。

有紀が愛華に向き直った。石膏《せっこう》で固まったように強張った顔をしている。

「愛華、何を言っているか分かってるの?」

詰問口調だった。

愛華が一回まばたきした。はっきりとした意思に基づいて反応していることが分かる。

なぜ?

「堕《お》ろすわよね」

二回のまばたき。

有紀の喉が緊張を呑み下すように上下した。怒りに打ち震えた声で言う。

「まさか産むつもりじゃないでしょうね」

愛華のまぶたは動かなかった。だが、間を置いてから、一回だけまばたきした。

肯定したのか否定したのか、判然としなかった。

「堕ろすってことよね?」

有紀が念を押すと、愛華はまばたきを二回した。明確な否定の意思表示だった。

先ほどは『はい』か『いいえ』で答えづらく、『産む』という意味で肯定のまばたきをしたのだろう。

誰もが予想外の返事だった。

担当医に襲われ、傷を負い、苦しんでいるにもかかわらず、中絶を選択しないつもりなのか。

たしかに性犯罪の被害者全員が同じように苦しんで同じような選択をするわけではない。何をより苦に感じるのかも人によって違うだろう。誰もが堕ろすわけではない——と思う。自分のもとへ訪れた性犯罪被害者は今のところ、全員、中絶した。だから愛華も当然そうするとばかり思っていた。

愛華は赤ん坊をその手で取り上げることができない。育てることができない。

産んだ後はどうするつもりなのか。

「あなたは突然のことで混乱してるのよ、愛華」有紀が娘の二の腕を鷲摑みにした。「そうでしょ?」

まばたきを二回した愛華は、見開いた目で母親の顔をじっと睨むように見つめている。

——本当に一時的な混乱なのだろうか。

愛華はもっと以前から自分の妊娠に気づいていた。高森が犯人だと知っていた。昨日今日、自分の身に何があったのか聞かされたわけではない。

中絶しない、という選択は、衝動的な感情ではなく、考え抜いたすえの結論なのかもしれない。

命——。

胎児は生きている。妊娠十週を超えると、手足を形作り、超音波検査《エコー》で目鼻立ちも確認できる。その姿を見てしまうと、中絶の選択を考え直す女性もいる。

だが、愛華には超音波検査の画像も写真も見せていない。見せたら彼女を苦しめる結果になると思ったからだ。


「愛華！」有紀が怒気を強めた。「馬鹿なこと言ってんじゃないのよ！」

癇癪玉《かんしゃくだま》が破裂したかのようだった。愛華が無反応なので、感情的な母親の姿がより目立った。

「母さんの言うとおりだ」岸部大吾が鞭打《むちう》つような語調で言った。「胎児は堕ろす。いいな」

有無を言わさぬ雰囲気があった。政治家として政敵を威圧するような迫力がある。

だが――。

愛華はまばたきを二回した。

『いいえ』

徹底的に拒否している。

岸部夫妻の眉間に深い縦皺が刻まれ、ますます顔が険しくなっていく。

「……お前は自分が何を言っているか、分かっているのか？　そんな体で子供を産むなんて、ふざけるのも大概にしろ！」

「あなたは間違ったことを言わない、私たちの自慢の娘でしょう？　今までそんなあなたのことを誇らしく思って、周りにも自慢していたのに、どうしてそんな分からず屋なこと言うの？　いい加減にしなさい！」

愛華は一回だけまばたきをした。

「許さんぞ！」

揃ってヒステリックになっている。両親が平静を失っているから、冷静なやり取りにならない。普段、公的な場などで岸部夫妻が語る理想的な家族像とはまったく違った。どんな問題でも常に娘の考え方を尊重してきたという話も信じられなくなる。

真理亜は一呼吸置き、仲裁に入った。

「落ち着いて話しましょう。あまりに一方的だと、愛華さんも気持ちを伝えられませんし……」

岸部大吾が真理亜をじろりと睨みつけた。思わず後ずさりしそうになる眼光――。

「この状況でそんなもの関係ないだろう。結論は決まっている。堕ろすしかない」

「そうよ」有紀が追従した。「選択肢はないんだから」

「産むなんて絶対に許さん」

「冗談じゃないわ。これ以上醜聞を撒かないでちょうだい」

「私たちが今回のことでどんなに恥を晒したと思ってる？」

政治家として事件を公表した以上、被害者である娘の出産はセンセーショナルに扱われるだろう。デリケートな問題だから、テレビや新聞は触れないかもしれない。だが、週刊誌やネットメディアはどうか。今回の件を突き止めたら、事実で問題提起するような顔をして、ネタとして消費する。

そうなったら一番傷つくのは愛華本人だ。ネットやＳＮＳを遮断していても、いつか耳に入るかもしれない。

真理亜はぐっと拳を握った。

親として納得できない気持ちは理解できる。しかし、大事なのは愛華本人の気持ちだ。

「私に話をさせていただけませんか？」

第三者のほうが冷静に話せるだろう。愛華がなぜ中絶を拒否するのか、彼女自身の気持ちを聞き出さなければ、医師として堕胎手術はできない。

岸部夫妻は渋面のまま、黙り込んでいた。

沈黙が病室内に満ちた。

「……お願いします」

真理亜は二人を真っすぐ見つめたまま訴えた。

岸部大吾の鼻息は荒かった。だが、やがて不承不承という顔で静かにうなずいた。

真理亜は緊張を抱えたままベッドに歩み寄り、丸椅子に腰を下ろした。愛華の瞳には苦悩の色が見える。

「愛華さん」

優しい声音を意識し、話しかけた。

愛華の瞳が揺れ、真理亜を見た。縋るような眼差しだ。両親から解放された安堵が窺える。

「具合が悪いところはない？」

愛華は一回だけまばたきをした。

「つわりは平気？」

一回のまばたき。

「そう。良かった」

背後から苛立った気配が伝わってくる。早く核心に踏み込め、という圧力を感じる。

真理亜は一呼吸置き、気持ちを落ち着けた。

「……少し会話の仕方を変えてもいい？」

愛華はまばたきをしなかった。

『はい』でも『いいえ』でもないときは、おそらく質問の意図を掴みかねていて、返事ができないのだろう。

「私からだけじゃなく、愛華さんからもコミュニケーションが取れるようにしたいの。私が質問して『はい』か『いいえ』を答えるだけだと、私が気になることを確認するだけで、どうしても一方的になってしまうから。愛華さんのほうからも少し意思表示できたらって思って」

説明すると、愛華はまばたきを一回した。

「たとえば、私の質問が的外れで、何か言いたいことがあるときは、三回まばたきをしてほしいの。前回は警察の人の聞き取りを終えたいって合図だったけど、今回は変えたいの。愛華さんに疲れが見えたときは、私のほうから続けるかどうか確認するから」

一回のまばたき。

「おなかの赤ん坊の話をしてもいい？」

一回のまばたき。

「ありがとう」

真理亜は居住まいを正した。

「中絶を拒否したけど、手術は不安？」

一回のまばたき。

閉じ込め症候群の彼女は、常に全身麻酔がかかっているように身動きができないにもかかわらず、意識はある状態だ。手術に対する不安も人一倍強いだろう。

「中絶を拒否したのは、手術への不安があるから？」

まばたきは一回だと思っていた。だが、彼女のまぶたは二回、閉じた。

『いいえ』――？

予想外の返事だった。手術への不安があるからためらっているのだと思っていた。

では、まさか――。

真理亜は緊張を気取《けど》られないように生唾を飲み込んだ。ふう、と静かに息を吐く。

「……産むつもりでいる？」

愛華のまぶたは動かなかった。瞳がわずかに揺れている。まだ迷っているのだろうか。

だが、やがて彼女ははっきりと一回だけまばたきをした。

明確な意思表示だった。腹の中の子を産むかどうかの問いに『はい』と答えた。

「愛華！」真後ろから有紀の怒声が炸裂《さくれつ》した。「そんなことできるわけないじゃないの！」

岸部大吾も爆発する。

「あんな奴《やつ》の子を産むなんて許さんぞ！」

「撤回しなさい！」

「子を産んで誰が育てるんだ！」

真理亜は立ち上がり、二人に向き直った。

「どうか落ち着いてください。まず愛華さんの気持ちを聞かなければ――」

「現実の話よ、これは」有紀が嚙みつく。「あなたも賛成なんてしないでしょう？　こんな状態で子を産んでどうするつもり？　私たちに孫として育てろっていうの？　それとも、さっさと施設に引き取ってもらう？」

真理亜は言葉に詰まった。

出産――。

二文字の単語が重くのしかかる。

出産する女性、流産する女性、中絶する女性――。産婦人科医として様々な女性を診てきたし、それぞれに幸せも不幸も、喜びも悲しみもあった。自分の意思で選択したケースもあれば、やむを得ない事情で選択できなかったケースもある。

だが、今回ほど難しいケースは初めてだった。

閉じ込め症候群で寝たきりの女性が性犯罪の被害者になり、加害者の子を出産する――。

それがどういうことなのか。

出産で大事なのは本人の意思だ。そう考え、常に本人の選択を尊重してきた。だが、今回はそれだけではどうにもならない。産んだとしても、母親は寝たきりだ。

何が最善なのか。

「ご両親の心配はもちろん分かります」

有紀は一瞬、激昂した表情で口を開いたものの、病室内だと思い出して冷静さを取り戻したのか、深呼吸した。ほんの少し落ち着いた口調で言う。

「本当に分かっているの？　あなたまだ三十前後でしょう？」

「入局六年目です」

「ご結婚は？」

「……いえ」

彼女は、ふーん、と意味ありげに真理亜の全身を眺め回した。落ち着かない視線だ。

「子供を産んでいない女性に子育ての大変さが分かるの？」

出産経験がないと、産婦人科の医師として頼りなく感じる人は少なくない。特に女性に多い。おなかを痛めるわけではない男性は、良くも悪くも〝当事者〟にならないので、医師の性別や出産経験の有無はあまり気にしていないように思う。

「産婦人科の医師として、実体験はなくても、子育ての大変さは理解しています」

「その実体験が一番大事じゃないの？」

真理亜は唇を結んだ。誠心誠意の説明も今の彼女には反論にしか聞こえないだろう。火に油を注ぎそうだ。

「私はね、愛華を育てたから子育ての大変さは充分知っているの。政治家の妻として、私一人で育て上げたの」

真理亜は横目で愛華を窺った。

母親のこの言葉は彼女を傷つけるのではないか、と心配した。胸が痛む。

普通なら、母親が我が子を育てた苦労話などは、大人になってから聞かされても笑い話だろう。だが——今の彼女は自分で何もできない。

母親の言葉は、今の自分に向けられた当てつけのように聞こえるのではないか。

だが、愛華の表情からは何の感情も読み取れなかった。

有紀は苛立たしげに愛華を睨みつけた。

「そんな子を産んで一体どうするつもり？　どうにもならないでしょ」

残酷な言葉だった。妊娠の経緯を考えれば、母親としてそう言い捨てたくなる気持ちは理解できなくもないが、しかし、言葉の選択としては——。

もう少しデリケートになってほしいと思う。

「どうか、話は私が……」

有紀は真理亜を一瞥しただけで、また愛華に向き直った。だが、今度は言葉を発しなかった。委ねてくれるということだろうか。それとも、単なる娘に対する諦めなのか。

真理亜は丸椅子に座り、愛華を眺めた。

表情が変わらないから感情が読めない。愛華は両親の感情の爆発をどう感じているのだろう。悲しみか、怒りか、苦しみか、それとももっと別の何かか——。

「私は産婦人科医としてもちろん本人の意思を尊重する」

背後で有紀が「ちょっと！」とがなり立てた。だが、真理亜は振り返らず、愛華に話しかけた。

「もしかしたら厳しいことを言うかもしれないけど、私は常に愛華さんの味方だし、あなたを最優先に考えてる。それだけは忘れないでね。いい？」

愛華が一度まばたきをした。

真理亜はふー、と息を吐いて緊張を抜いた。

寝たきりで何もできない愛華の現状を考えると、感情論や理想論だけでは子供は育てられない。ましてや、性犯罪で身籠った子ならなおさら——。

「ご両親の言うとおり、愛華さんは子供の世話が——困難だと思うけど、出産した後の子育てについて、何か考えはある？」

愛華の黒い瞳が揺れた。

待っても、まばたきはなかった。

やはり彼女自身、そこまで考え抜いたすえの結論ではなかったのかもしれない。感情が先走っているのだとしたら——。

それは愛華の状態が関係しているかもしれない。

彼女は閉じ込め症候群に陥り、回復が困難と宣告された。死に至るまで指一本動かせない。人一倍、命について考えたと思う。

だから愛華は——。

「中絶に罪悪感がありますか？」

揺れていた愛華の瞳が真理亜の顔に据えられた。だが、またしてもまばたきはなかった。葛藤が窺える。難しい質問だっただろうか。『はい』か『いいえ』では答えられないのだろう。

ふと記憶に蘇ってくるのは、ある女子高生のことだった。二年半前だ。

彼女は部活の先輩に無理やり性行為をされ、妊娠したという。母親に付き添われて中絶手術を受けにやって来た。だが、土壇場で彼女は錯乱したように抵抗しはじめた。

手術はいったん中止とし、母親を交えて話し合いをすることになった。

罪悪感——。

彼女が口にしたのは罪の意識だった。

話を聞いてみると、保健の授業で観せられたＤＶＤの映像が脳裏に焼きついているという。

保健体育の男性教師は、女子中高生の援助交際が社会問題になったころに教職に就き、〝性の乱れ〟を嘆いていたらしい。悪びれずに体を売ってお金を稼ぎ、あっけらかんと「妊娠したら堕ろせばいいし」と語る女子高生がテレビで取り上げられていた時代だ。

中高生のうちから命の大切さを学ぶべきだ——。

男性教師はそう考え、保健の授業で中絶手術のＤＶＤを生徒たちに観せるようになった。

内容は、超音波で白黒で映し出された胎児が中絶のための胎盤鉗子《かんし》から逃げるようにもがく映像だ。

「胎児は殺される恐怖をはっきりと感じて、器具から逃れようと必死になってるんだ。〝声なき声〟で叫んでる」

男性教師は有名な動画を使ってそう説明した。生徒たちの大半は涙を流していたという。

この週数の胎児には意思がなく、実際は物理的な反射などで逃げているように見えているだけなのだが、そうとは知らない彼女は教師の言葉を信じ、強いショックに打ちのめされた。数日間、目に焼きついたその映像を思い出して、涙が止まらなかったらしい。

「いいか。お金目当てで、軽い気持ちで援助交際をしていたら、望まぬ妊娠をして、こうして胎児を殺すことになるんだぞ」

教師としても、道行くサラリーマンに声をかけて体を売り、妊娠したら堕ろせばいい、と気軽に考えている若者の価値観に警鐘を鳴らしたかったのだろう。

当然、その〝命の教育〟は男子生徒たちにも衝撃を与える。

男子生徒にも命についてちゃんと考えてほしい、と思っての教育だったのだと思う。中絶の現実を知れば、安易に性行為をしたり、避妊を怠ったり、大人になってから女子中高生を買おうとしたりしなくなるだろう。

そう考えたのだ。

だが――。

命の尊さを学ばせるため――という理由で、生徒たちに育てさせた鶏や豚を食べさせる教育と同じで、賛否が出るやり方だと思う。多感な時期にトラウマを与えかねない。

生々しい死を見せつける行為が果たして本当に正しいのか――。

裁判で遺体などの残酷な証拠写真を見せられた裁判員が精神的トラウマを植えつけられる問題と同じく、未成熟な子供たちにショッキングな映像の視聴を強要するのは虐待に等しい。

性犯罪の被害者になった女子高生の脳裏に焼きついている映像――。

胎児が胎盤鉗子から逃れようと必死になっているように見える動画は、彼女に中絶への罪悪感を植えつけていた。

産むという選択肢は、彼女と家族ともになかったにもかかわらず、中絶も選択できず、苦しんでいた。

それが難しさだと思う。誰にとっても正しい教育というものは存在しないのだ。命の教育で、性犯罪被害者が中絶できず、苦しんでいる。だからといって、そのような教育をしなければ、中絶を安易に考える子供たちが増えるかもしれない。

その時代の価値観で全員が救われるわけではない。それをまざまざと思い知らされた。

結局、赤ん坊が育てばそれだけ中絶への抵抗が増す、と母親に説得され、彼女は手術を受けた。

愛華はカトリック系の高校を卒業しているという。だから中絶に罪の意識を持っているのではないか。

「胎児の命を考えてしまう？」

真理亜は問い直した。

愛華はしばらく反応しなかった。だが、やがて一回まばたきをした。数秒、間を置いてから、また一回まばたきをする。

否定したのかと思ったが、二度肯定したのだと気づいた。

当然——と主張しているのだろう。

真理亜は小さく息を吐いた。

これまで診察した性犯罪被害に遭った女性は全員、中絶を選択していた。世の中に出産を選んだ被害女性はゼロではないだろう。だが、自分自身は担当した経験がない。そういう意味では、経験不足のそしりを受けても仕方がない——とも思う。

こういう場合、どうしたらいいのだろう。

女性が健康だったら、家族の理解を得られなかったとしても、覚悟があれば自ら育てることができる。子供を愛することもできるかもしれない。だが、愛華は寝たきりだ。家族が出産に否定的である以上、協力は望めない。

とはいえ、愛華の苦しみを考えたら、正論で追い詰めることは避けたい。

「出産に迷いはない？」

尋ねると、愛華は一回だけまばたきをした。

本当だろうか。覚悟を決めているのではなく、自棄《やけ》になっているようにも感じる。

真理亜は愛華の目をじっと見つめた。彼女の眼差しには芯があるようにも見えた。

愛華の本心が分からない。

なぜ出産の決意に至ったのか。自分で育てられない我が子をどうするつもりなのか。心情の揺れが感じられるのに、その一方で意志が固そうなのはなぜなのか。

今ほど彼女の生の声を聞きたいと思ったことはない。言葉がいかに重要で、相互理解のために欠かせないか思い知る。

「……それはカトリックの教えが関係してる？」

宗教観はデリケートだ。質問には少し躊躇《ちゅうちょ》した。

彼女は目を細めて、二回まばたきをした。

「本当？」

まばたきが一回。

宗教観が理由ではないとしたら、もっと根源的な感情だろうか。

肉声が聞けないことがもどかしい。

「子供を産んだとして、育てていく方法は考えてる？　施設に入れたいってわけじゃ、ないんでしょ？」

非難するような口ぶりにならないよう、声色《こわいろ》には細心の注意を払った。

愛華は——一回だけまばたきをした。

施設に入れるつもりはない——と。

いや、今の彼女のまばたきはどちらの質問に対しての返答だったのだろう。勢い込んで質問を重ねてしまったから、確信がない。

「施設には入れないってこと？」

仕方なく訊き直した。

まばたきが一回。

「育てていく方法に考えはあるの？」

まばたきが一回。

「じゃあ——」真理亜は緊張を呑み下し、岸部夫妻をちらっと見た。「ご両親を頼ろうと思ってる？」

二人に動揺が表れた。何を馬鹿なことを訊いているのか、と追及したがっているような眼差しだ。

愛華は——二回まばたきした。

『いいえ』か。

さすがに両親が子育てをしてくれるとは思っていないのだろう。では、一体どうするつもりなのか。

真理亜はふと思い立ち、岸部夫妻に訊いた。

「お二人のご両親はいらっしゃいますか？」

答えたのは岸部大吾だった。

「私の母は早くに亡くなっていて、父は健在だ。義父母は元気にしている」

それならば——。

「おじいさんやおばあさんを頼ろうと思ってる？」

愛華の瞳が揺れ動いた。そして——一回のまばたきがあった。はっきりと。

「何言ってんの！」有紀が声を上げた。「二人にそんなことさせられるわけないでしょ！」

「あのう……」真理亜は彼女に訊いた。「おじいさんやおばあさんは、今回のこと、ご存じなんですか？」

「知るわけないでしょ。こんな話知ったら心臓が止まるわ。事故でこうなったときも、卒倒しそうになってたんだから」

二人の記者会見が目に入ったことはないのだろうか。

訊きたかったが、愛華は自分の被害がマスコミの前で語られたことを知らないだろう。本人の耳に入れるわけにはいかず、真理亜は質問を呑み込んだ。

何にしても、愛華の希望の細糸は祖父母か。

事情を知らなければ、面倒を見てくれる可能性があるのだろうか。いや、愛華が子供を産めば、閉じ込め症候群《ロックドインシンドローム》で寝たきりの中、どうやって子供を作ったのか、という疑問は免れない。遅かれ早かれ彼女の性犯罪被害は知られるだろう。そのとき、祖父母に忌避されたら、結局、傷つくのは子供だ。

一体どうすれば全員が救われるのだろう。

真理亜は自分の中で答えが出ていることに気づいた。

堕ろすしかない――。

残酷だが、彼女がこうなってしまった時点で答えは決まっていたのだ。

産婦人科の医者として、子供をどうすれば幸せなのか、というそれぞれの家庭の問題に答えを持っていてはいけないと分かっている。

だが、今回のケースは、産んで全員が幸せになる未来が想像できない。

とはいえ、愛華の意思を無視して中絶はできない。

真理亜は愛華の顔を見た。眼差しには意志が宿っている。一歩も譲るつもりはない、という強い意志が――。

医師としてできることは――。

真理亜はぐっと拳を握り、岸部夫妻に向き直った。

「しばらく彼女とこうして話をさせてくれませんか？」

岸部有紀が「は？」と眉を顰める。

真理亜は「お願いします！」と頭を下げた。

「愛華さんと心を触れ合わせたいんです」

18

朝日が街一帯に広がる中、冷たい風が落ち葉とともに車の排気ガスの臭いを運んでくる。

愛華の心に触れるには一体どうすればいいのか――。

真理亜は様々な案を考えながら、歩道を歩いていた。寒風が強まると、コートの襟を掻き合わせた。

『江花病院』に着くと、建物に入った。更衣室で白衣を羽織り、産婦人科へ向かう。

少しでも長い時間、愛華と話したくて早めに自宅を出たため、診察時間までには余裕があった。

愛華の病室へ向かおうとしたときだ。

受付の前で「高森さん」という言葉が耳に入り、真理亜ははっとして立ち止まった。

顔を向けた先には、栗《くり》色の髪の毛を肩まで伸ばした小柄な女性が背を向けて立っていた。

受付の女性職員が困惑顔で応じている。二人は一体何を話しているのだろう。

「高森さんのことをご存じの方にどうか話を――」

真理亜は気になり、受付に近づいた。

記者だろうか。

「どうかされましたか？」

困っている受付職員を見かねて声を掛けた。受付の職員は「あっ、先生……」と安堵の表情を見せた。

小柄な女性が真理亜に顔を向けた。値踏みするような視線が白衣を這う。

女性は大きな胸をケーブル編みのニットセーターに包んでいる。膝丈のスカート姿だ。

「高森先生の名前が耳に入ったもので」

真理亜は先んじて言った。

女性はかぶりを振った。

「あ、いえ、何でもないです」

女性が誤魔化したがっている気配を察した。記者ならそんな態度は取らないだろう。

「高森先生のお知り合いですか?」

思い切って尋ねてみると、女性は当惑を見せた。瞳には怯えが窺える。

高森を知る人間と話したがっているわりには、声を掛けられたとたん及び腰になるあたり、何か複雑な感情を持っているように感じた。

それとも、何らかの覚悟が決まっていないのか。

「……水瀬です」真理亜は相手を安心させるため、自己紹介した。「高森先生とは医大時代の同期でした」

女性がはっと目を見開いた。そして——何となく気まずそうに目を伏せる。

その反応で第三者ではないと確信した。彼のことを我が身のように恥じ入っている。

しばらく沈黙が落ちた。

「あの……」

女性は何かを言いたそうにしたものの、声はそのまま尻すぼみになって消えてしまった。

「マスコミの人じゃないんでしょう？」

女性は小さくうなずいた。

「高森先生のご家族ですか？」

踏み込んだとたん、女性の瞳が暗く澱《よど》んだ。濡れたような瞳に悲哀の色が混じる。

姉——というには顔立ちが幼すぎる。妹だろうか。彼に兄弟姉妹がいるのかどうか、聞いたことはない。

胃にずしりと重石がのしかかった。

身内が性犯罪加害者——。

それは一体どれほどの苦しみだろう。自分の身に置き換えようとしてみても想像できない。

「私は——」

女性がか細い声で言った。

真理亜は続きを促すため、黙ってうなずいた。女性は緊張が絡んだ息を吐き、言った。

「高森さんと親しくしていた者です」

親しく——。

その言い回しで察した。

彼女は高森の恋人か元恋人ではないか。そうだとしたら、なぜ病院を訪ねてきたのだろう。

「そうでしたか。ご家族かと思いました」

「いえ。そうなる予定——でした。たぶん」

婚約者——か。

事件が原因で破談になったのだろう。結婚する前に発覚したことを不幸中の幸いと考えるべきなのかもしれない。いずれにせよ、彼女にとっては悪夢だ。

「お気の毒に……」

他にかける言葉はなく、真理亜は視線を外した。自ら話しかけておきながら、後悔している自分がいた。

「……今日はどのようなご用件で？」

真理亜はためらいがちに尋ねた。

性犯罪で逮捕された元婚約者の職場を訪ねてくるくらいだから、よほど切羽詰まっているのだろう。

「……高森さんの、話を」

「話を？」

「はい。話を伺いたくて」

いったん、そこで言葉が途切れた。だが、少し間を置いてから女性がうつむき加減に続けた。

「私は——宝生《ほうしょう》友理奈と言います。ニュースで高森さんが逮捕されたって知って、びっくりして……」友理奈が下唇を噛み締めた。「最初は警察に行ったんですけど、相手にされなくて……。それでここに来たんです」

真理亜は慎重にうなずいた。

彼女の真意が分からないので、どう答えるべきか悩んだ。被害者の妊娠に気づいた産婦人科の医者だと知ったら、彼女はどう思うだろう。

「……お気持ちはよく分かります。私も同期としてショックを受けています」

友理奈は眉間に皺を寄せた。

「こんなふうに訪ねてこられても迷惑なことは分かっているんです。でも、信じられなくて……。事情を知っている方から、どうしても高森さんの話を聞きたかったんです」

声に追い詰められたような感情が表れていた。

「どうか、お話を――」

食い下がる彼女に真理亜は気圧された。

今朝は愛華の病室を訪ねようと思っていたのだが――友理奈の悲嘆の眼差しを前にしたら断わることはできなかった。

「……分かりました。事情は分かりませんが、私の診察室でよければお話を伺います」

友理奈は弱々しくうなずいた。

産婦人科の診察室に案内すると、診察道具を揃えていた看護師に席を外してもらった。友理奈と向かい合って丸椅子に腰かける。

彼女は落ち着かなげに身をよじったり、視線をあちこちにさ迷わせたりしていた。

「今回のことは――」真理亜は言葉を選びながら言った。「おつらかったでしょうね」

他の言葉が見つからない。

「はい……」

友理奈は目を床に落とした。

「婚約までされていたなら、ショックも大きいと思います。月並みなことしか言えませんが」

彼女の顔がくしゃっと歪んだ。苦痛を嚙み締めるようにして、ゆっくりと視線を持ち上げる。

「あのう……高森さんは本当にあんなことを？」

縋るような眼差しで見つめられると、胸が痛んだ。だが、事実は変えられない。

「はい」真理亜は正直に答えた。「私はこの事件が発覚したとき、最初からその場に立ち会っていたので、事情は把握しています。被害者が彼にレイプされたと証言したんです」

「証言って……被害者は喋れないし、文字も書けないんですよね？　ニュースでそう報じられていました」

「そうです。しかし、まばたきで返事はできます。まばたきが一回なら『はい』、二回なら『いいえ』というふうに、コミュニケーションをとったんです」

「それで被害者の女性が――？」

「はい。彼を告発しました」

「そう――ですか」

「精神科医によって彼女には〝退行催眠〟がかかっていました」

「退行催眠？」

「はい。専門外ですのであまり詳しいことは話せないんですが、催眠下で記憶を遡って、過去と向き合って精神的ショックなどを克服する治療法らしく、被害者の女性は事件当時に戻って、質問に返事をしたんです」

「それで高森さんが犯人だと?」

「はい。はっきりそう答えました。まばたき一回。『はい』でした。催眠で嘘がつけない状態での証言でしたから、告発は間違いありません」

友理奈の両肩ががっくりと落ちた。絶望のどん底へ蹴り落とされたようだった。

「もしわずかな冤罪の望みをお持ちだったなら……申しわけありません」

「いえ、先生が悪いわけじゃありませんから」

友理奈の大きなため息には悲嘆が絡みついていた。打ちひしがれたように床を睨みつける。

診察室に沈黙が降りてくる。真理亜は彼女を気遣って何も言わず、黙って待った。

やがて、彼女がゆっくりと顔を上げた。どこか虚ろなその瞳は暗く澱んでいた。

「彼がそんなことをしたのは――私のせいかもしれません」

「え?」

「私が悪いんです」

「寝たきりの女性に手を出したのは彼自身です。他の誰にも責任はありません」

「違うんです。私が彼を見捨てたから――」

友理奈は下唇を嚙み締めていた。

彼女は一体何を抱えているのだろう。見捨てた、というのは、彼女から別れを切り出したということだろうか。

それが高森の犯行とどう繫《つな》がるのか。

「私は――臆病で、弱かったんです」

友理奈はぽつりと言った。膝頭の上に置いた両拳をじっと見つめる。

「私は高森さんとお付き合いしていました。友達に誘われて、医大の文化祭を見に行ったときに知り合って、連絡先を交換して――。たまに話をする程度の関係だったんですけど、夏休みにグループで遊びに行く計画を立てたとき、友達がドタキャンしたことで、私と高森さん二人きりになったんです」

彼女は懐かしむような眼差しで語り続けた。

友理奈は高森と二人きりで食事をし、そこで彼から脳外科医の仕事の過酷さを聞かされたという。彼は命を救えなかった子供の死に思い悩んでいたらしく、酒が進むにつれ、一人で抱え込んでいた胸の内を吐き出した。

「普段、堂々としている高森さんが弱音を吐く姿を見て、惹かれている自分に気づきました。でも、私と彼じゃ、釣り合いません。彼は脳神経外科のお医者さんで、将来も有望で、外見も爽やかだし、性格も優しいし、私なんかより素敵な女性たちにモテるはずですから」

高森に好感を持つ女性看護師は多く、そういう意味ではモテたのかもしれない。だが、彼は脳神経外科で誰よりも忙しく、色恋沙汰にかまけているゆとりはなかったはずだ。特定の相手がいたことも今の今まで知らなかった。

「私は学歴もないし、飲食店でバイトしながら実家で家事手伝いをしている平凡な女です。美人でもないし……」

友理奈は自嘲するように苦笑した。

小柄な外見は小動物のようで、幼い顔立ちと相まって、同性から見ても可愛らしいタイプだし、笑ったらきっと魅力的だと思う。だが、今は高森の逮捕の動揺で表情が暗く、打ちひしがれているせいで、顔色も悪く見える。

「私は想いを胸に秘めたまま、友達として、高森さんとときどきメールやＬＩＮＥで話せるだけで満足だったんです。でも、彼は私にも優しくて――」

思い出を語るときの彼女の眼差しは優しく、本気で彼を愛していたのだと伝わってくる。

「少しずつ私と彼の距離は近づいていきました。私は彼に手料理をご馳走するまでになったんです。彼が美味《おい》しいって言って食べてくれると、本当に嬉しくて、幸せでした。何の取り柄もない私ですけど、こうして得意なことで喜んでもらえるんだ、って」

自分は、食事は出来合いの物を買うことが多く、料理はほとんど作らないが、何かで人に喜ばれることが嬉しい気持ちは分かる。それが好きな相手ならなおさらだろう。

「高森さんは会うたびに言っていました。毎日、神経を張り詰めさせているから、気の休まる時間がない、って」

「医者は多忙ですから」真理亜は言った。「その中でも特に脳神経外科は激務です」

「そんな彼から告白されたのは、去年の秋でした。私は驚いて、すぐ返事ができませんでした。私でいいんですか？　って、そう訊きました」

それは彼女の自信のなさの表れだろう。常に伏し目がちで、気弱そうに見える。

「高森さんの周りにはもっと素敵な人がたくさんいるんじゃないですか、って言ったんです」

「彼は何て？」

「僕は友理奈がいいんだよ、って。そんなストレートに言われたこと、一度もなかったから、すごく嬉しかったです。よろしくお願いします、って答えて、付き合いはじめたんです。とても幸せでした」

その幸せを彼自身が壊したのだと思うと、腹立たしさを覚える。なぜあんな馬鹿なことをしたのか。

避妊もせずに暴行し、妊娠の可能性は想像しなかったのか？　担当医でありながら、妊娠に気づかなかったのか？

それとも――。

最初からい愛華に自分の子を産ませるつもりで――？

あまりに恐ろしい想像だった。無防備な女性の姿を前に欲望を我慢できずに犯した衝動的な犯行ではなく、偏執的なストーカーのような思い込みの果ての犯行だったのだろうか。

自分たちの愛の結晶を産ませよう――という。

「元婚約者になった理由をお訊きしても？」

友理奈はこくりとうなずいた。

「私が――彼のご両親に気に入られなかったからです」

「ご両親に？」

「そうなんです。私は――息子に相応しくない、って。はっきりそう言われてしまったんです」

少し話した印象では、真面目で優しく、純粋で一途《いちず》に思える。彼女を嫌う理由があるとは思えない。一体何が不服だったのだろう。

不躾《ぶしつけ》な質問になりそうだったので遠慮していると、友理奈のほうが先に口を開いた。

「私、高卒なんです」

「そんなのそこまで珍しくないでしょう？」

「お父様は大手のＩＴ企業で重役をされているので、そんな経歴じゃ自分たちの家に不釣り合いだ、と思われているようでした。お母様は病院の理事長をされているので、私のような、最愛の夫への献身だけが取り柄になるような女は受け入れがたかったようで……」

友理奈は羞恥を噛み締めるように下唇を噛み、しばらく黙ったままでいた。

「……その大きな胸で息子をたぶらかしたんだろう、って。料理が得意で、いつもお弁当を作ってあげている話をしたときも、そうやって男に媚《こ》びるしか能がない女は大嫌いなの、とまで言われてしまって」

彼女の悲しげな顔を見ると、胸が痛む。

恋人関係、夫婦関係の形は人それぞれで、当事者たちが幸せであることが一番ではないか。愛する相手の両親から存在やそれまでの人生を否定されるほどつらいものはないと思う。

「彼ももちろん、庇ってくれました。ご両親に言い返して――。『母さんみたいに自分の価値観で人を否定したりしないから、僕は彼女を好きになったんだ』って。それが火に油で、結局、私は最後まで認めてもらえませんでした」

想像はつく。

同じ医療界にいることもあり、高森の母親とは何度か顔を合わせたことがある。決して譲らない絶対的な価値観を持っていて、他人の意見に耳を傾けたりすることがなく、常に持論を一方的にまくし立てるようなタイプだ。自分の価値観に合致しない女性の存在を嫌悪している。若くて有能な男性医師にアプローチする女性看護師などを見る目でそれは充分伝わってきた。友理奈もそんな女性の一人と見なされたのだ。

業界が違う彼の父親とは会ったことはないが、友理奈をそこまで否定するくらいだから、よほど固定観念の強いタイプなのだろう。

「私は——彼との結婚を諦めました」友理奈が苦しげに吐露した。「両親と結婚するわけじゃないだろ、って言われましたけど、やっぱりご両親に認めてもらえない——それどころか、全否定される結婚はうまくいかない、と思ったんです。私のほうから身を引きました。彼の悲しげな顔は忘れられません」

「そんなことがあったんですね……」

「ニュースで事件があったとされていた時期は、ちょうど別れてから二週間くらいなんです。だから、私との別れが無関係だったと思えないんです。もしそうだったとしたら——」

「先ほども言いましたが、あなたに責任はありません」

友理奈は泣き笑いのような表情を浮かべた。

「私は、彼の両親への復讐《ふくしゅう》のような気がしているんです」

「復讐？」

「はい。交際を認めてもらえず、自暴自棄になったか、両親に思い知らせるために起こしたんじゃないか、って」

高森の犯行は、どんな絶望や悲しみを抱えていたとしても、決して許されるものではない。

だが、彼女が思い詰める気持ちは理解できる。

とはいえ――。

決して的外れではない気もした。

高森はなぜ愛華を襲ったのか。単なる欲望の果てではなかったとしたら――。

愛華の声を聞くことができれば、彼女は何か語ってくれるだろうか……。

19

真理亜はレースのカーテンを陽光が透過する病室で丸椅子に座り、ベッドで寝たきりの愛華を見つめていた。

彼女と言葉を交わすことができたら――。

専門外の閉じ込め症候群について調べ、家族や医師が患者とどうやってコミュニケーションをとっているか、学んだ。最先端のテクノロジー機器を購入する資金的余裕は病院になく、透明の文字盤と視線で文字を読み取るには、技術を身につける時間がない。

分かれ目は十二週だ。妊娠十二週未満は『子宮内容除去術』による中絶だが、十二週以降は子宮収縮剤を用いた分娩方式での中絶になる。愛華が寝たきりなので、帝王切開が必要になる可能性があり、母体への影響が心配だ。

彼女に決断してもらうには、あまり時間がない。

だからこそ、こうして昼一番から病室を訪ねてきている。大河内院長が臨時の産婦人科医を雇ってくれたため、時間が作れた。信頼関係を築いている患者は責任を持って担当しているものの、新規の患者は全て任せている。

今日は半日、愛華のために使える。

「愛華さん」

真理亜は愛華に話しかけた。彼女の瞳がわずかに動く。

「……今日はあなたの声を聴きたくて」

愛華の瞳に当惑が宿る。

「私、いろいろ考えたの。どうしたらあなたの〝声なき声〟を聴くことができるか」

真理亜は一呼吸置くと、鞄の中からA４サイズの文字盤を取り出した。白色のプラスチックの板に、平仮名が『あいうえお』順に並んでいる。小文字や濁点付きの平仮名もある。一番端には『０』から『９』までの数字――。

「これを使って、あなたの声を聴きたいの」

愛華のまばたきはなかった。

だが、真理亜はそのまま続けた。

「視線を合わせて文字を読み取るのは難しいから、私なりのやり方でコミュニケーションを取りたいの。時間はかかるけど、シンプルなやり方」

真理亜はベッドのリモコンを手にした。

「ベッド、少し起こしても構わない？　構わなかったら、まばたきで教えてくれる？」

愛華は間を作ってから、まばたきを一回だけした。

『はい』――。

「ありがとう」

真理亜はリモコンを操作した。わずかなモーター音が響き、ベッドの頭側半分がゆっくりと起き上がりはじめる。

天井しか眺められなかった愛華の視線が壁に向く。

「つらくはない?」

愛華は再び一回まばたきをした。

「良かった。じゃあ、説明に戻るわね」

真理亜は文字盤を掲げ、彼女の目に入るようにした。愛華の瞳が文字盤を見る。

「私が文字に指を当てて、こうしてゆっくりと動かしていくから――」

真理亜は〝あ〟の文字に人差し指の先を添えると、横に滑らせていった。

〝か〟〝さ〟〝た〟〝な〟――。

「まばたきを一回してくれたら、そこで指を止める。そこから今度は下に動かしていくわね。でも、〝か〟や〝さ〟や〝た〟の場合、二回まばたきしてくれたら、指は動かさない」

真理亜は指を下げていった。

〝に〟〝ぬ〟〝ね〟〝の〟――。

「基本は二つだけ。まばたき一回はその行でストップして、下の文字へ続ける合図。まばたき二回は、一番上の文字でストップする合図。愛華さんが口にしたい文字でまばたきしてくれたら、私がそこで指を止めるから、それを繰り返して、あなたの声を聴かせてほしいの」

愛華はまばたきを一回だけした。

『はい』――。

理解した、という肯定のまばたきだ。愛華は文字盤を使ったコミュニケーションに同意してくれた。

安堵の息が漏れる。

「実際に試してみましょう。何か私に伝えたいことを考えてみて」

愛華は十秒ほど間を置いてからまばたきを一回だけした。

考えた、ということだろう。

真理亜は文字盤に添えた人差し指を動かしていった。

〝あ〟〝か〟〝さ〟〝た〟〝な〟――。

彼女のまばたきはなかった。

〝は〟〝ま〟〝や〟〝ら〟――。

愛華は〝わ〟の場所でまばたきを二回した。

一文字目は――〝わ〟だ。

「〝わ〟ね?」

最初だから丁寧に進めなければいけない。

確認すると、愛華は一回だけまばたきをした。

「じゃあ、続けるわね」

真理亜はまた人差し指を〝あ〟に添え、ゆっくりと横へ動かした。〝か〟〝さ〟――。

次は〝た〟でまばたきを二回した。

二文字目は〝た〟だ。

同じように指を動かしていく。〝さ〟でまばたきが一回。彼女が伝えたい文字は〝さ行〟にあるということだ。

今度は指を下へ動かした。

〝し〟でまばたきが一回。

「〝わ〟〝た〟〝し〟――?」

愛華が一回のまばたきで肯定する。

どくん、と心臓が波打った。自分の気持ちが高ぶっていくのが分かる。

今まで聴けなかった愛華の〝声〟が聴けている。その事実に興奮が抑えきれない。

「次ね」

真理亜は指を動かし、愛華が伝えたい文字を読み取っていった。

〝は〟〝あ〟〝か〟〝ち〟〝ゃ〟〝ん〟〝を〟――。

「〝私は赤ちゃんを〟?」

愛華が一回のまばたきで答える。

続く言葉はもしかして――。

想像できたものの、先んじて尋ねることはしなかった。

大事なのは愛華自身の〝声〟を聴くことなのだから。

人差し指の動きとまばたき――。静寂が満ちている病室でひたすらそれを繰り返した。

〝う〟〝み〟〝た〟〝い〟――。

私は赤ちゃんを産みたい。

それが彼女の最初の〝声〟だった。言葉を伝えられる状況で、真っ先に伝えたかった想い――。

望まぬ妊娠でも出産を望むのか。愛華の気持ちが分からない。だからこそ、〝声〟を聴きたい。

「こういう場合、中絶するのは決して罪じゃないのよ」

愛華の瞳が文字盤を見る。

真理亜は文字盤に人差し指を当てると、また愛華の〝声〟を読み取った。

「〝赤ちゃんを産みたいです〟」

愛華は同じ台詞を繰り返した。今度は先ほどよりも断固たる意志を感じた。

「現実的な話をすると、赤ん坊を産んだとしても、おそらく、ご両親は子育てに手を貸してはくれないと思う。おじいさんおばあさんが頼みの綱なの?」

尋ねてから、文字盤に人差し指を当てた。〝あ〟の列から順番に指先を動かしていく。

〝は〟でまばたきが一回。それから下へ動かしていくと、〝ふ〟でまばたきが一回。

次は〝た〟でまばたきが二回。

〝ら〟でまばたきが一回。指を下へ動かすと、〝り〟でまばたきがあった。

「〝ふたり〟――」

〝な〟で二回のまばたき。

〝ら〟で二回のまばたき。

二人なら――。

真理亜は文字盤を使って愛華の〝声〟を聴いた。単語一つを聞き取るだけで、何分もかかる。慣れればもう少しスムーズにコミュニケーションが取れるだろうか。

〝二人なら赤ちゃんを任せられます〟

「愛華さんには残酷な言い方になってしまうかもしれないけど、妊娠の事情を知ったら、おじいさんやおばあさんも考え方を変えるかもしれない――って私は心配しているの。そうなったら、一番可哀想《かわいそう》なのは子供だと思う。その点についてはどう考えているの？」

厳しい語調に聞こえないよう、優しく問いかけるような声色を意識した。

真理亜は文字盤を使った。

〝だ〟でまばたきが二回。

〝あ〟でまばたきが一回。そのまま指を下ろしていくと、〝い〟でまばたきが一回。

〝ざ〟でまばたきが一回。指を下ろしていくと、〝じ〟でまばたきが一回。

次は〝ょ〟。そして〝う〟。〝ぶ〟――。

「……〝大丈夫です〟」

愛華の〝声〟はそこで終わらなかったので、真理亜は文字盤を使い続けた。

〝ふ〟〝た〟〝り〟〝な〟〝ら〟

〝あ〟〝い〟〝じ〟〝ょ〟〝う〟〝を〟

〝そ〟〝そ〟〝い〟〝で〟〝く〟〝れ〟〝ま〟〝す〟

真理亜は彼女に気取られないように、小さく息を吐いた。〝声〟を聴くたび、緊張が増していく。

「それは、そうあってほしい、そうあってくれるはず、っていう希望なの？　それとも確信があるの？」

尋ねてから文字盤を使う。

〝ふ〟〝た〟〝り〟〝は〟

〝わ〟〝た〟〝し〟〝の〟

〝み〟〝か〟〝た〟〝で〟〝す〟

彼女の言い回しが少し気になった。

「ご両親もあなたの味方でしょう？」

愛華の瞳に悲哀の色が宿った――気がした。

真理亜は文字盤を使った。

〝お〟〝と〟〝う〟〝さ〟〝ん〟〝と〟

〝お〟〝か〟〝あ〟〝さ〟〝ん〟〝は〟

〝ち〟〝が〟〝い〟〝ま〟〝す〟

「そんなことはないでしょう？　ご両親も愛華さんのことを心配しているし、味方よ？」

〝わ〟〝た〟〝し〟〝の〟

〝し〟〝ゅ〟〝っ〟〝さ〟〝ん〟〝に〟

〝は〟〝ん〟〝た〟〝い〟〝し〟〝て〟〝い〟〝ま〟〝す〟

〝ず〟〝っ〟〝と〟

彼女と両親の関係には根深い溝がありそうだった。おそらく、今回の出産だけの問題ではないだろう。

真理亜はふうと息を吐いた。

「簡単には答えが出せない問題だから、ご両親も感情的になってしまっているんだと思う。でも、あなたの味方であることは変わらないわ」

彼女の瞳に苦悩の翳りがよぎった。

文字盤と愛華を交互に見る。彼女はまばたきをせず、文字盤をじっと見据えている。いや、その視線はもっとはるか遠くに向けられているようだった。

しばらく待ってから、真理亜は「いい？」と訊いた。

愛華が一回のまばたきで答える。

真理亜は文字盤に人差し指を当てると、また動かしはじめた。愛華の〝声なき声〟を聴くために——。

〝み〟〝か〟〝た〟〝じ〟〝ゃ〟

〝あ〟〝り〟〝ま〟〝せ〟〝ん〟

〝わ〟〝た〟〝し〟〝の〟

〝こ〟〝を〟

〝こ〟〝ろ〟〝し〟〝ま〟〝す〟

殺す――。

愛華の表現が強く、真理亜はぎょっとした。

「ご両親もそんなつもりで中絶を勧めてるわけじゃなくて、愛華さんのことを考えてるんだと思う」

〝せ〟〝ん〟〝せ〟〝い〟〝は〟

〝り〟〝ょ〟〝う〟〝し〟〝ん〟〝の〟

〝み〟〝か〟〝た〟〝を〟

〝す〟〝る〟〝ん〟〝で〟〝す〟〝か〟

〝声〟はなくても、非難の声色が伝わってくる。

「ごめんなさい。そういうつもりじゃないの。私は産婦人科の医師として、愛華さんのことを一番に考えてる。もちろん愛華さんの味方よ」

〝じ〟〝ゃ〟〝あ〟〝ど〟〝う〟〝し〟〝て〟

〝り〟〝ょ〟〝う〟〝し〟〝ん〟〝を〟

〝か〟〝ば〟〝う〟〝ん〟〝で〟〝す〟〝か〟

「誤解しないで。ご両親を庇っているわけじゃないの。ただ、愛華さんの状態を考えると、ご両親と対立したままだったら、いろいろと難しくなるから……」

子供は出産して終わりではない。育てていくには忍耐と愛情が必要だ。

愛華本人が子育てできない以上、両親の協力が得られなければ、祖父母に頼りきりになる。年齢的なものを考えると、赤ん坊を育てるのは困難ではないか。

もっとも、最大の問題は、妊娠の理由を知った祖父母が果たして赤ん坊を育ててくれるか、ということだ。

客観的に判断すると、中絶を選択すべきだと思う。だが、愛華は産むつもりでいる。

「これはデリケートな話だし、感情的な問題も絡んでくるから、正直、おじいさんやおばあさんが赤ん坊を育ててくれるか、私には分からない」

〝ふ〟〝た〟〝り〟〝は〟

〝り〟〝ょ〟〝う〟〝し〟〝ん〟〝と〟〝は〟

〝ち〟〝が〟〝い〟〝ま〟〝す〟

〝だ〟〝れ〟〝が〟〝な〟〝ん〟〝と〟〝い〟〝っ〟〝て〟〝も〟

〝わ〟〝た〟〝し〟〝は〟

〝う〟〝み〟〝ま〟〝す〟

まばたきで語られたのは、愛華の断固たる決意だった。その意志の強さはどこから来るのだろう。

「愛華さん、意地になってない？」

愛華はまばたきを二回した。

『いいえ』の意味だ。彼女は文字盤を使わず、答えた。

このような状況でなければ、愛華も中絶を選択したのではないか。閉じ込め症候群で寝たきりだから、出産がそんな自分にできる唯一のことだと考えているとしたら――。

それは果たして出産を選択する動機として正しいのか。

愛華の〝声〟が聴ける今、尋ねてみたい衝動に駆り立てられた。だが、彼女を傷つけてしまいそうで、口にはできなかった。

「そこまで出産にこだわるのはどうして？」

愛華が目を細めた。どこか悲しげに見えた。

真理亜は文字盤を掲げたまま、彼女が〝声〟を聴かせてくれるのを待った。

やがて、愛華はまばたきをした。文字盤で想いを伝えたい、という合図だ。取り決めをしていなくても分かる。

真理亜は〝あ〟から人差し指をスタートさせた。

〝か〟でまばたきが一回。そのまま指を下へ。

〝こ〟でまばたきが一回。

次は〝わ〟までまばたきがなかった。下へ指を動かすと、〝ん〟でまばたきがあった。

〝ど〟

〝は〟

〝お〟

〝ろ〟

〝し〟

〝た〟

〝く〟

〝な〟

〝い〟

衝撃が胸を打った。

〝今度は堕ろしたくない〟――。

彼女はそう言ったのか。

「……前に中絶の経験があるの?」

愛華はためらってから、まばたきを一回した。

真理亜は緊張を抜くために息を吐いた。愛華が中絶を経験していたとは、想像もしなかった。産婦人科の医師としては、中絶経験があるかどうか、知っておくべきだった。

「過去の中絶を後悔しているの?」

愛華は一回のまばたきで答えた。

過去の後悔が今回の選択に影響しているのか。何かわけありなのだろうか。

彼女の目が何かを言いたそうだったから、真理亜はまた文字盤を使った。

〝あ〟〝い〟〝す〟〝る〟〝あ〟〝い〟〝て〟〝の〟

〝こ〟〝ど〟〝も〟〝を〟〝う〟〝ん〟〝で〟

〝い〟〝っ〟〝し〟〝ょ〟〝に〟

〝そ〟〝だ〟〝て〟〝る〟〝し〟〝あ〟〝わ〟〝せ〟〝を〟

〝ゆ〟〝め〟〝み〟〝て〟〝い〟〝ま〟〝し〟〝た〟

愛する相手――か。

「どうして中絶することになったのか、訊いてもいい?」

愛華はまばたきを一回した。

真理亜は無言でうなずくと、文字盤を掲げた。また一文字一文字、彼女の〝声〟を読み取っていく。

〝に〟〝ん〟〝し〟〝ん〟〝を〟〝し〟〝っ〟〝た〟

〝ふ〟〝た〟〝り〟〝が〟〝お〟〝こ〟〝っ〟〝て〟

〝ゆ〟〝る〟〝し〟〝て〟〝く〟〝れ〟〝ま〟〝せ〟〝ん〟〝で〟〝し〟〝た〟

二人――。

訊くまでもなく、両親だろう。愛する相手との子を妊娠したものの、あの二人に猛反対され、中絶を余儀なくされた――ということか。

意地になったような彼女の反発の根源を理解できた気がする。愛華はその過去を割り切れていないのだ。

「その愛する相手とはどうなったの？」

愛華はまばたきをしなかった。

葛藤しているのか、答えたくないのか――。いずれにしても、瞳に渦巻く感情は苦悩だった。

しばらく待ってみても、愛華の反応はなかった。

「……話したくない？」

愛華のまぶたがピクッと痙攣した。そして――ゆっくりとまばたきを一回した。

デリケートな胸の内を打ち明けたくなるほどには、まだ信頼していない、ということだ。

〝声〟を聴いた初日から心を見せてくれるとは思っていない。

根気が必要だ。

真理亜は愛華の顔を真っすぐ見つめた。

それにしても——。

愛する相手の子を堕胎するはめになったから、性犯罪で妊娠した子は堕ろさず、産む——。その思考回路は理解不能で、共感は全くできなかった。おそらく世の中の大多数がそうだろう。中には非常識だと批判する人間もいるかもしれない。

愛する相手との赤ちゃんと、性犯罪による妊娠は違うのよ——。

彼女にぶつけそうになった言葉は辛うじて呑み込んだ。

そんなこと、愛華は百も承知に違いない。考えることしかできない彼女が考えていないはずもなく、深い苦悩の中で出した決断だと思う。

多くの場合、正論は人を追い詰める。自分ならそんな選択をしないからといって、個人的な価値観で彼女の考えを一方的に批判する浅慮は犯したくない。

とはいえ、賛同もできなかった。

愛華の〝声〟がまだまだ聴こえてこない。彼女の心に触れられていない。

「中絶したのは未成年のころ？」

愛華は一回のまばたきで答えた。これは彼女にとって躊躇する質問ではなかったらしい。

「未成年のころなら、ご両親に逆らうのは難しかったでしょうね……」

真理亜は同情を込めて言った。

心の中で、あの両親が相手なら、と付け加える。

愛華は再びまばたきを一回した。それから――間を置いて文字盤に視線を移す。

「何か言いたいことがある？」

再び一回のまばたき。

「分かった」

真理亜は文字盤を掲げ、人差し指を添えた。そうして愛華の〝声〟を聴く。

〝お〟〝ま〟〝え〟〝の〟〝た〟〝め〟〝に〟
〝い〟〝っ〟〝て〟〝る〟〝ん〟〝だ〟
〝わ〟〝た〟〝し〟〝は〟〝あ〟〝な〟〝た〟〝に〟
〝が〟〝っ〟〝か〟〝り〟〝し〟〝た〟
〝わ〟〝た〟〝し〟〝た〟〝ち〟〝が〟〝ど〟〝ん〟〝な〟〝に〟
〝き〟〝ず〟〝つ〟〝い〟〝た〟〝か〟
〝わ〟〝か〟〝る〟
〝ふ〟〝た〟〝り〟〝は〟
〝そ〟〝う〟〝い〟〝い〟〝ま〟〝し〟〝た〟

文字を通して聴いている〝声〟でも、奈落に沈んでいきそうな悲嘆が絡みついているのが分かった。

〝わ〟〝た〟〝し〟〝が〟〝わ〟〝る〟〝い〟〝ん〟〝だ〟
〝と〟〝お〟〝も〟〝っ〟〝て〟
〝く〟〝る〟〝し〟〝み〟〝ま〟〝し〟〝た〟

彼女の両親が浴びせた言葉がどんなに残酷か、分かる。

仕事柄、子育てに関する本は数多く読んできた。全て相手を支配するための魔法の言葉だ。

——お前のために言っている。

——あなたにはガッカリした。

——私は傷ついた。

その言葉をぶつけられた人間に罪悪感を植えつける残酷な魔法の言葉——。

知り合いのカウンセラーの女性も、そういう〝毒親〟の呪いの言葉に苦しめられている患者を大勢診てきたと話していた。身近にそういう言葉を振りかざす人がいたら、迷わず距離を取ったほうがいい、とアドバイスもしてくれた。

この便利な魔法の言葉を振りかざせば、要求や命令がどんなに理不尽な暴論だったとしても、従えない相手に責任転嫁し、相手に罪悪感を植えつけたうえ、自分は決して悪役にはならない。

愛華を支配するために意識的に両親がその言葉を使っているとは思わない。おそらく、無自覚だろう。今の時代、SNS《ツイッター》などで誰もが平然と他者に用いている。

〝わ〟〝た〟〝し〟〝は〟

〝ふ〟〝た〟〝り〟〝を〟〝が〟〝っ〟〝か〟〝り〟

〝さ〟〝せ〟〝た〟〝く〟〝な〟〝く〟〝て〟

〝お〟〝ろ〟〝す〟〝け〟〝つ〟〝い〟〝を〟

〝し〟〝た〟〝ん〟〝で〟〝す〟

一文字一文字読み取っていく〝声〟は無駄がなく、短いだけに、彼女の心をあれこれ想像させる。

「ご両親を恨んでる？」

訊くのが怖い質問だった。だが、愛華の本音に接しなければ、何も解決しない。

第一歩を踏み出さなければ――。

愛華はゆっくりとまばたきを一回した。

両親が子育てを絶対に行わない、と確信している理由がこれで分かった。

愛する相手との子供ですら堕胎を強いられたとしたら、性犯罪で妊娠した赤ん坊の世話などしてくれるはずがない。

「どうしてご両親は出産に反対だったの？　あなたが未成年だったから？」

愛華はまばたきを二回した。

『いいえ』――か。

別の理由があるなら、彼女も話したいのではないか。

真理亜は文字盤を掲げた。

愛華が一回のまばたきで答えたので、真理亜は人差し指で文字をなぞっていった。

〝か〟〝れ〟〝は〟〝き〟〝し〟〝べ〟〝け〟〝に〟

〝ふ〟〝さ〟〝わ〟〝し〟〝く〟〝な〟〝い〟〝っ〟〝て〟

「愛華さんに相応しくない、じゃなくて、岸部家に相応しくない、って言われたの？」

愛華はまばたきを一回した。

真理亜は思わず眉根を寄せた。

それは、娘の幸せを考えて、とか、娘には少しでもいい相手と結婚してほしい、とか、我が子のことを考えているという最低限の建前もない。

「交際にも反対されたの？」

愛華はまばたきを一回した。

「……そう。それは思い悩んだでしょうね。その人はどんな人だったの？」

愛華の瞳に複雑な感情が表れた。愛情のようでもあり、悲哀のようでもあり、苦しみのようでもあった。

〝や〟〝さ〟〝し〟〝く〟〝て〟

〝わ〟〝た〟〝し〟〝を〟

〝い〟〝ち〟〝ば〟〝ん〟〝だ〟〝い〟〝じ〟〝に〟

〝し〟〝て〟〝く〟〝れ〟〝る〟〝ひ〟〝と〟

愛華が過去形ではなく現在形で語ったところに、何となく未練を感じた。

彼女はまだその男性を愛しているのではないか。そうだとしたら、これほどつらいこともない。

交通事故で寝たきりになり、あげく、担当医によるレイプで妊娠――。

「訊きにくいことを訊くんだけど、ご両親がその彼の何が気に入らなかったか、愛華さんは分かってるの？」

愛華はまばたきを一回してから、瞳をわずかに動かし、文字盤のほうを見た。

〝こ〟〝ん〟〝び〟〝に〟〝で〟

〝ば〟〝い〟〝と〟〝し〟〝な〟〝が〟〝ら〟

〝し〟〝ゅ〟〝う〟〝し〟〝ょ〟〝く〟〝か〟〝つ〟〝ど〟〝う〟

愛華の妊娠が判明したのはそんなときだったという。彼女は緊張しながらも彼に報告した。

〝が〟〝ん〟〝ば〟〝っ〟〝て〟〝い〟〝ま〟〝し〟〝た〟

〝か〟〝れ〟〝は〟

〝ま〟〝よ〟〝わ〟〝ず〟

〝う〟〝ん〟〝で〟〝ほ〟〝し〟〝い〟〝と〟

〝い〟〝っ〟〝て〟〝く〟〝れ〟〝ま〟〝し〟〝た〟

〝う〟〝れ〟〝し〟〝か〟〝っ〟〝た〟〝で〟〝す〟

真理亜は黙ってうなずくことしかできなかった。どんな台詞も空虚に感じるだろう。

「愛華さん、疲れてない？　少し休憩する？」

愛華は迷いを見せた。

表情が変わらなくても、まばたきの仕方や、タイミング、目の細め方など——ほんの少しの仕草で何となく彼女の心が読めるような気がした。

愛華はまばたきを二回、した。

まだ話したいということだろう。

考えてみれば、彼女にとっては初めて〝声〟を伝えられる相手なのだ。何ヵ月も一方通行のコミュニケーションだったのが、変わった。自分の言葉で話ができるようになった。喜びが疲労を上回っているのだろう。

「分かった」真理亜は文字盤を掲げた。「話を聞かせて」

愛華は一回のまばたきで答えた。

文字盤の人差し指を動かしていく。

〝わ〟〝た〟〝し〟〝は〟

〝に〟〝ん〟〝し〟〝ん〟〝を〟

〝り〟〝ょ〟〝う〟〝し〟〝ん〟〝に〟〝ほ〟〝う〟〝こ〟〝く〟

〝し〟〝ま〟〝し〟〝た〟

そもそも二人が交際していることすら初耳だった両親は、癇癪玉を破裂させたかのように激怒したという。未成年の身でそのようなことをした愛華をひとしきり責めた後、矛先を恋人に向けた。娘を傷物にした責任を取らせる、と息巻いたのだ。

祝福してもらえると純粋に思っていた愛華は、二人の剣幕に恐れおののいた。

〝か〟〝れ〟〝が〟

〝そ〟〝の〟〝ば〟〝に〟〝い〟〝な〟〝く〟〝て〟

〝よ〟〝か〟〝っ〟〝た〟〝と〟

〝お〟〝も〟〝い〟〝ま〟〝し〟〝た〟

産みたい、と訴えた愛華に対し、両親は、絶対に許さない、と激怒した。愛華は泣き崩れたという。愛する相手との子供を全否定されたのだ。

〝わ〟〝た〟〝し〟〝は〟

〝り〟〝ょ〟〝う〟〝し〟〝ん〟〝に〟

〝こ〟〝ど〟〝も〟〝を〟

〝う〟〝ば〟〝わ〟〝れ〟〝た〟〝ん〟〝で〟〝す〟

文字を通して伝わってくる根深い悲しみ――。

成人している愛華は、そのときと違って、もう少し強く意思表示できるはずだ。

まさか――。

真理亜はふと思い至ることがあった。だが、これを尋ねるのははばかられる。信頼関係も不充分な状態で、口にしてはいけないのではないか。

どうしよう――。

しばし迷った。緊張で胃が重くなる。

だが、触れずに済ませることは難しかった。彼女が出産を後悔する可能性があるなら、確認しなければいけない。

真理亜は息を吐き、思い切って踏み込んだ。

「気を悪くしたらごめんなさい。愛華さんが出産しようとしているのは、もしかして――ご両親への当てつけだったりしない？」

愛華は目をしばたたいた。

困惑の反応だ。

「つまり、その――」真理亜は言いよどみながら続けた。「堕胎を強いられたから、今度は産むことで、仕返しというか……表現は難しいけれど」

愛華の瞳がわずかに揺れた。

「何か伝えたいこと、ある？」

真理亜は文字盤を掲げた。

愛華は迷いを見せた後、まばたきを一回だけした。

真理亜はうなずくと、文字盤に当てた人差し指を動かした。愛華がまばたきで合図する。

〝あ〟〝て〟〝つ〟〝け〟〝じ〟〝ゃ〟

〝あ〟〝り〟〝ま〟〝せ〟〝ん〟

〝わ〟〝た〟〝し〟〝は〟

〝う〟〝み〟〝た〟〝く〟〝て〟〝う〟〝む〟〝ん〟〝で〟〝す〟

〝せ〟〝ん〟〝せ〟〝い〟〝は〟

〝は〟〝ん〟〝た〟〝い〟〝な〟〝ん〟〝で〟〝す〟〝か〟

〝お〟〝や〟〝が〟〝ね〟〝た〟〝き〟〝り〟〝だ〟〝か〟〝ら〟

「そういうわけじゃ――」

真理亜は言いよどんだ。

自分はなぜ愛華を説得しようとしているのだろう。閉じ込め症候群《ロックドインシンドローム》で寝たきりだから？　健康な女性だったら、産婦人科の医師として本人の意思を尊重したはずだ。

それは内心で差別してしまっているのだろうか。

しかし、現実問題、寝たきりの彼女に子育てはできない。ましてや性犯罪によって妊娠した子供を育てるなんて――。

何が正解なのか。

何が正しいのか。

分からない。答えが出せない。

真理亜は悩み続けた。

気がつくと、窓の外はすっかり暗くなっていた。

20

二日目――。

真理亜は昨日に引き続き、愛華の病室を訪ねた。彼女と信頼関係を築くには、続けることが大切だ。彼女の〝声〟を聴き続けて心に触れるしかない。

「体調は大丈夫？」

愛華はベッドに仰向けに寝たまま、まばたきを一回した。自分の〝声〟を伝えられるようになったからか、瞳にもほんの少し希望の色が窺える。

「昨日は疲れなかった？」

まばたきが一回。

「良かった。今日も話を聞かせてくれる？」

まばたきが一回。

真理亜は丸椅子を引っ張り出してきて腰を下ろすと、文字盤を取り出した。

昨日一日で文字盤の扱い方に慣れた。

「あの後、ご両親は？」

真理亜は人差し指を文字盤の〝あ〟に添えた。一秒だけ待つ。この時点で二回のまばたきがあれば、彼女が伝えたい文字は〝あ〟だ。一回だけなら、〝あ行〟だ。

彼女のまばたきがなかったので、指先を横に動かした。〝か〟でまばたきが一回。

指を下げていくと、〝き〟でまばたきが一回。

昨日と同じように、途方もない時間をかけて根気強く文字を読み取っていく。

〝き〟〝て〟〝い〟〝ま〟〝せ〟〝ん〟

「……そう」

〝き〟〝て〟〝も〟

〝ど〟〝う〟〝せ〟

〝ち〟〝ゆ〟〝う〟〝ぜ〟〝つ〟〝を〟

〝し〟〝い〟〝る〟〝だ〟〝け〟〝で〟〝す〟

〝わ〟〝た〟〝し〟〝の〟〝い〟〝し〟〝は〟

〝そ〟〝ん〟〝ざ〟〝い〟〝し〟〝な〟〝い〟〝も〟

〝ど〟〝う〟〝ぜ〟〝ん〟〝で〟〝す〟

反射的に『そんなことはないでしょう？』と否定しそうになり、言葉を呑み込んだ。

絶対的な両親に挟まれた彼女の気持ちは、本人にしか分からない。今までも自分の意思は無視されてきたのだろう。

続けて文字盤で愛華の〝声〟を聴く。

〝わ〟〝た〟〝し〟〝は〟

〝に〟〝ん〟〝ぎ〟〝ょ〟〝う〟〝で〟〝す〟

〝む〟〝か〟〝し〟〝か〟〝ら〟

「人形――?」

〝そ〟〝し〟〝て〟

〝い〟〝ま〟〝も〟

彼女の台詞に衝撃を受けた。

寝たきりになり、食事も排泄も介助がなければ行えない。指一本動かせず、声も出せない。そんな状態に陥ったにもかかわらず、以前と同一視してしまう――。

一体どれほどの不自由があったのだろう。

岸部夫妻は愛華を強く支配していたのではないか。第三者の前でもあれほどの言動をとるのだから、親子だけなら相当厳しい言葉を愛華にぶつけていたと想像できる。

〝わ〟〝た〟〝し〟〝は〟〝い〟〝ま〟

〝こ〟〝う〟〝な〟〝っ〟〝て〟〝は〟〝じ〟〝め〟〝て〟

〝り〟〝ょ〟〝う〟〝し〟〝ん〟〝に〟

〝じ〟〝ぶ〟〝ん〟〝の〟〝い〟〝し〟〝を〟

〝つ〟〝た〟〝え〟〝ら〟〝れ〟〝て〟〝い〟〝ま〟〝す〟

〝わ〟〝た〟〝し〟〝は〟

〝お〟〝ろ〟〝し〟〝ま〟〝せ〟〝ん〟

〝ぜ〟〝っ〟〝た〟〝い〟〝に〟

愛華の意志の強さに真理亜は衝撃を受け、何も言葉を返せなかった。

彼女の決意を覆すことはほとんど不可能に思えた。だが、話を聞いていると、やはり両親への復讐か当てつけで出産しようとしているように感じてしまう。

そうだとしたら――。

生まれてきた子供が不幸になる。

真理亜は下唇を噛み締めた。

子供が不幸になるかどうか、赤の他人が決めつけてはいけないことくらい分かっている。だが、どうしても子供が幸せになる未来が見えないのだ。

気がつくと、愛華の瞳が文字盤を見つめていた。

「伝えたい言葉があるの？」

愛華が一回のまばたきで答えた。

真理亜は文字盤を使いはじめた。

〝こ〟〝う〟〝し〟〝て〟

〝い〟〝の〟〝ち〟〝が〟

〝た〟〝す〟〝か〟〝り〟〝ま〟〝し〟〝た〟

〝ね〟〝た〟〝き〟〝り〟〝だ〟〝と〟〝し〟〝て〟〝も〟

不幸中の幸い――と表現してもいいのだろうか。彼女の現状を軽んじているように聞こえそうで、口にはできなかった。

〝い〟〝ま〟〝の〟〝わ〟〝た〟〝し〟〝に〟

〝で〟〝き〟〝る〟〝こ〟〝と〟〝は〟

〝す〟〝く〟〝な〟〝い〟〝で〟〝す〟

〝ほ〟〝と〟〝ん〟〝ど〟〝あ〟〝り〟〝ま〟〝せ〟〝ん〟

肯定も否定もできない。どんな反応をしても、愛華を傷つけてしまいそうだ。

〝だ〟〝か〟〝ら〟

〝こ〟〝の〟〝こ〟〝を〟

〝こ〟〝の〟〝よ〟〝に〟

〝お〟〝く〟〝り〟〝だ〟〝し〟〝て〟

〝あ〟〝げ〟〝た〟〝い〟〝ん〟〝で〟〝す〟

〝そ〟〝れ〟〝が〟

〝わ〟〝た〟〝し〟〝に〟〝で〟〝き〟〝る〟

〝ゆ〟〝い〟〝い〟〝つ〟〝の〟

〝こ〟〝と〟〝だ〟〝か〟〝ら〟

声音を聴けなくても、悲壮な覚悟が伝わってくる。

支配的な両親による抑圧。未成年のときに強いられた中絶。愛する男性との離別。交通事故による閉じ込め症候群。悲痛なまでの無力感——。

全てがない交ぜになり、出産を決断したということか。

愛華は自分の〝声〟を伝えることで、決意をますます固めているような気がした。

愛華はまた視線で文字盤を使いたいと示した。

〝あ〟〝か〟〝ち〟〝ゃ〟〝ん〟〝は〟

〝も〟〝ん〟〝だ〟〝い〟〝な〟〝い〟〝で〟〝す〟〝か〟

赤ん坊を案じる慈愛の眼差し——。

緊張が張り詰めた病室の中、本業の話になると、少し安心する。

息苦しい海底から海面へ顔を出し、呼吸を取り戻した心地だった。思わず息を吐く。

「じゃあ、検査してみましょう」

経腹エコーで検査した結果、胎児に異常などはなく、周囲の心配をよそに元気に育っていた。

真理亜は問題ないと伝えた。

愛華の瞳に慈しむような感情が芽生える。

〝あ〟〝か〟〝ち〟〝ゃ〟〝ん〟〝は〟

〝わ〟〝た〟〝し〟〝の〟〝い〟〝き〟〝る〟

〝き〟〝ぼ〟〝う〟〝で〟〝す〟

愛華の〝声〟を聴いたとき、真理亜ははっとした。

生きる希望——。

おなかの中の〝命〟が今の彼女の希望になっている。それはいつだったか聞いた覚えが——。

真理亜は地中深くに埋まっている記憶を懸命に掘り起こそうとした。

あれはたしか——。

高森の言葉だ。

――愛すべき存在がいれば、人は死のうと思わないものだよ。

守るべき存在がいれば、絶望の中でも救いになる。まさか高森は――。

恐ろしい想像が脳裏をよぎる。

もしそうだとしたら、なんて独善的で常軌を逸した発想なのか。

高森は閉じ込め症候群の彼女に希望を与えるために命を宿したのではないか。

背筋が粟立《あわだ》った。おぞけが膝から這い登ってくる。

〝命〟が生まれ、愛華が〝母親〟になれば、子を遺して死のうとは思わなくなるだろう。高森はそう考えたのではないか。

思えば、高森が連行前に漏らした台詞――愛です――も唐突だった。献身的に尽くすうちによからぬ劣情を抱く者が皆無ではないとはいえ、あの高森が――という不自然さは拭えなかった。

だが、子供への愛こそ生きる希望になると思い込んだとしたら、愛華を救うために倫理のラインを踏み越えるかもしれない。

――愛は他人の常識や倫理で縛られない崇高なものです。

彼はそう言っていたではないか。

「愛華さん――」

真理亜は真相を告げようと口を開いた。だが、続く言葉は、喉に引っかかって出てこなかった。

今の愛華がおなかの中の命を生きる希望にしているなら、それが植えつけられたものだったと教えて、その希望を摘んでしまうことが正しいのか。

真理亜は唇を噛んだ。

結局、愛華には何も話せなかった。

21

コミュニケーションを取るにつれ、愛華の人柄や考え方が少しずつ理解できてきた。互いに文字盤を使う呼吸も分かってきた気がする。

今では、初日に比べて同じ量の文章も半分の時間で読み取れるようになっていた。それなりに信頼関係も築けたのか、素直な気持ちも話してくれるようになっている。

愛華は本を読むのが好きな、大人しい少女だったという。学校でも決して友達が多いほうではなかったが、それを気にしたことはなかった。

彼女は『図書館のあの独特の空気が好きなんです』と語った。本の世界に入り込んでいるあいだは、両親の抑圧からも解放され、想像の世界に羽ばたけた。

彼女が楽しむ世界は、お姫様が登場する剣と魔法の中世ヨーロッパだったり、文明からかけ離れた無人島だったり、ドラキュラが美女を狙う洋館だったりした。本の中ならどんな世界も飛び回れる。

〝わ〟〝た〟〝し〟〝た〟〝ち〟〝は〟
〝と〟〝し〟〝ょ〟〝か〟〝ん〟〝で〟
〝お〟〝な〟〝じ〟〝ほ〟〝ん〟〝を〟
〝て〟〝に〟〝と〟〝ろ〟〝う〟〝と〟〝し〟〝て〟
〝で〟〝あ〟〝い〟〝ま〟〝し〟〝た〟
〝ま〟〝る〟〝で〟
〝し〟〝ょ〟〝う〟〝じ〟〝ょ〟〝ま〟〝ん〟〝が〟〝の〟
〝よ〟〝う〟〝に〟

二時間以上かけて、彼の話を聞き出した。

名前は豊田《とよだ》雅史《まさし》。愛華と同じく、読書が一番の趣味で、図書館を愛していた。文学にも造詣が深く、彼女と意気投合した。本の世界にのめり込み、学業がおろそかになって大学を中退している。

彼の話をするときの愛華の眼差しは、愛情にあふれ、とても穏やかだった。

愛華は、『本の趣味が合うと、本当に楽しくて、物語の話をしている時間が幸せだったんです』と語った。彼とのデートは、図書館のこともあれば、書店やブックカフェのこともあったという。

「本当に好きだったのね」

〝わ〟〝た〟〝し〟〝は〟
〝か〟〝れ〟〝を〟〝あ〟〝い〟〝し〟〝て〟〝い〟〝ま〟〝す〟

愛――。

現在形か。

彼女はずっと引きずっているのだ。別れたことを今でも後悔しているのが伝わってくる。

それほどまでに愛していた恋人と別れざるをえなかったことを残念がるべきなのか、その仲睦《むつ》まじい過去をほほ笑ましく思うべきなのか――。

反応を間違えたら愛華はまた落ち込んでしまいそうで、真理亜は曖昧にうなずくに留めた。

愛華はその微妙な反応には気づかなかったらしく、追憶の眼差しを見せている。

だが、それもほんの一時だった。彼女の瞳が突然、絶望の色に塗り潰された。

〝わ〟〝た〟〝し〟〝た〟〝ち〟〝の〟

〝こ〟〝ど〟〝も〟〝を〟〝こ〟〝ろ〟〝し〟〝た〟〝と〟〝き〟

〝わ〟〝た〟〝し〟〝の〟〝こ〟〝こ〟〝ろ〟〝は〟

〝し〟〝に〟〝ま〟〝し〟〝た〟

殺した――。

自ら望んで中絶をしたわけではない彼女にとって、堕胎は殺人行為だったのだ。

産婦人科の医師として大勢の患者を診てきたにもかかわらず、彼女を励ます術を持たなかった。どんな言葉も薄っぺらく感じられるのではないか。

真理亜は無力感を噛み締め、床に視線を落とした。

両親に半ば強要される形で堕胎した彼女の心の傷に対して、中絶行為を軽んじることは違うだろうし、だからといって同調しては絶望が深まってしまう。

自分が当時、愛華を担当していたら――と思わずにいられない。

彼女の表情や言動からわけありと悟って、話を聞いたと思う。本人が産みたいと切望していたなら、両親に話をしてみるとか、何かできることがあったのではないか。

望まぬ出産も、望まぬ堕胎も、同じく不幸だ。いや、可能性が絶たれるぶん、後者のほうが救いがないかもしれない。

望まぬ出産でも、子供への愛が芽生えることは当然あるだろうし、子の存在が希望になることもあり得るだろう。だが、望まぬ堕胎は――取り返しがつかない。

愛華が真理亜の持つ文字盤を見た。

何か言いたいことがあるのだ。

真理亜は文字盤を掲げた。人差し指で一文字一文字、愛華の〝声〟を聴いていく。

〝わ〟〝た〟〝し〟〝た〟〝ち〟〝は〟

〝こ〟〝ど〟〝も〟〝を〟〝う〟〝し〟〝な〟〝い〟

〝ふ〟〝か〟〝く〟〝ぜ〟〝つ〟〝ぼ〟〝う〟

〝し〟〝ま〟〝し〟〝た〟

〝い〟〝き〟〝る〟〝き〟〝ぼ〟〝う〟〝を〟

〝う〟〝し〟〝な〟〝っ〟〝た〟〝ん〟〝で〟〝す〟

愛華の話の行きつく先が見えず、真理亜は漠然とした不安を覚えた。

〝わ〟〝た〟〝し〟〝た〟〝ち〟〝は〟

〝げ〟〝ん〟〝せ〟〝で〟

〝む〟〝す〟〝ば〟〝れ〟〝な〟〝い〟〝と〟
〝さ〟〝と〟〝っ〟〝た〟〝ん〟〝で〟〝す〟
〝だ〟〝か〟〝ら〟

愛華は〝ら〟の文字でまばたきした後は、人差し指が〝あ〟から〝わ〟——そして〝数字〟まで移動しても無反応だった。語りたい文字を逸してしまったのかと思ったが、もう一往復してもまばたきの合図はなかった。

そこでようやく、彼女が続けるのを躊躇しているのだと気づいた。

現世で結ばれないと悟った——。

それは不吉な響きを帯びた言葉だった。

真理亜は唾で緊張を飲み下し、「だから?」と続きを促した。愛華は追想するように目を細めた。

苦悩する眼差しで間を置き、文字盤に目をやった。

真理亜はすぐさま人差し指を添え、彼女の〝声〟を読み取りはじめた。

〝だ〟〝か〟〝ら〟
〝わ〟〝た〟〝し〟〝た〟〝ち〟〝は〟
〝し〟〝を〟〝け〟〝つ〟〝い〟〝し〟〝て〟

一文字進むたび、ある種の予感を伴ったおぞけが足元からせり上がってくる。

〝ふ〟〝た〟〝り〟〝で〟
〝し〟〝ん〟〝じ〟〝ゅ〟〝う〟〝し〟〝た〟〝ん〟〝で〟〝す〟

22

愛華が伝えた〝声〟が頭の中で混乱を伴って渦を巻いた。一瞬理解が及ばず、真理亜は返事に窮した。

文字盤を通して平仮名でやり取りしているので、区切る部分を間違えたり、違う単語に漢字変換してしまったのではないか、と考えた。

〝ふ〟〝た〟〝り〟〝で〟

〝し〟〝ん〟〝じ〟〝ゅ〟〝う〟〝し〟〝た〟〝ん〟〝で〟〝す〟

だが、『しんじゅう』という単語は他に思い当たらず、素直に受け取るしかなかった。

〝だから私たちは死を決意して、二人で心中したんです〟

「もしかして、それが例の事故――？」

真理亜は答えを確信しながら訊いた。

愛華は真理亜の瞳を真っすぐ見据えたまま、はっきりとまばたきを一回した。

衝撃が背筋を駆け抜けた。

愛華は不幸な事故でこうなったわけではなかったのだ。

死ぬために自らアクセルを踏み込んで――。

そこまで考えたとき、はっと気づいた。

愛華は〝二人で〟と言った。恋人と一緒に車で崖下へ――。

そういうことなのか。

真理亜は忘れていた呼吸を取り戻すと、大きく息を吸い込んだ。病室内の空気が薄くなったように感じる。

質問を続けることにためらいを覚えた。そもそも、質問を続けていいのだろうか。

デリケートな事情に踏み入っている。一介の医師が〝警察〟になっていいものかどうか。

真理亜は愛華の瞳に答えを探した。

彼女は話を続けたいのかどうか。何ヵ月も封じられてきた〝声〟を伝えたいのかどうか。

だが、蛍光灯の光をわずかに飲み込んだ漆黒の瞳は、何も答えてくれなかった。

真理亜は渇いた喉を軽く撫でた。

生き残ったのはあなただけだったの――？

尋ねたい衝動に駆られた。だが、辛うじて自制した。彼女が寝たきりになって七ヵ月。一度も見舞いに現れないということは、そういうことなのだ。

「愛華さんが車で転落したのは事故だって聞いてるけど、ご両親は――心中だったことを知っているの？」

真理亜は尋ねて愛華の目を見つめた。彼女の瞳は宙の一点を睨みつけている。そこに宿る感情は何なのか。

やがて、愛華がまばたきを一回した。

愛華の転落事故は恋人との心中だった――。その事実に眩暈《めまい》がするほどの衝撃を受けた。

死を決意し、そして——死に切れなかった。

愛華が文字盤を見た。

真理亜はうなずくと、文字盤を掲げ、文字に人差し指を添えた。一文字ずつ動かしていく。

〝げ〟〝ん〟〝せ〟〝で〟

〝む〟〝す〟〝ば〟〝れ〟〝る〟〝こ〟〝と〟〝が〟

〝ゆ〟〝る〟〝さ〟〝れ〟〝な〟〝い〟〝な〟〝ら〟

〝せ〟〝ん〟〝た〟〝く〟〝し〟〝は〟

〝あ〟〝り〟〝ま〟〝せ〟〝ん〟〝で〟〝し〟〝た〟

「だからって——」

何を言おうとしているのだろう。思い詰めたすえの彼女たちの苦渋の決断を責めるのか？ 心中が正しいとはまったく思わない。だが、起きてしまった以上、今になって第三者が咎めたり、たしなめたりして一体何の意味があるだろう。

彼女が余計に苦しむだけだ。

〝わ〟〝た〟〝し〟〝は〟〝た〟〝だ〟

愛華はそこでまばたきをやめてしまった。真理亜は急かさず、彼女が〝声〟を伝えたくなるまで待った。

〝か〟〝れ〟〝と〟〝し〟〝あ〟〝わ〟〝せ〟〝に〟

〝く〟〝ら〟〝し〟〝た〟〝か〟〝っ〟〝た〟

悲愴《ひそう》感が漂い、ますます喉が渇いた。真理亜は唾を飲み込み、渇きを癒した。

「心中を後悔してる……？」

慎重に尋ねてみた。

待ってみても、愛華はまばたきで答えなかった。瞳には苦悩が渦巻いている。

背後でドアが開いたのはそのときだった。音に反応して振り返ると、岸部大吾と有紀が立っていた。

真理亜は反射的に文字盤を膝の上に伏せた。後ろめたいことは何もないにもかかわらず、なぜそのような行動をとってしまったか、自分でも分からなかった。

「何してるの？」

有紀が岸部大吾の前に進み出て、咎めるような口調で言った。

「私は――」真理亜は愛華を一瞥した。「愛華さんとコミュニケーションをとっていました」

「……まばたきで？」

真理亜は手を載せた文字盤の存在を意識しながら、「はい……」と小さく答えた。

「……ふーん」

有紀は目を細め、病室内を見回した。不自然な箇所を隅々まで探すような眼差しだ。

緊張感が漂う沈黙が続く。

「……何でしょう」

真理亜はその空気に耐えきれず、先に尋ねた。

「別に……」

有紀は視線も合わせず、吐き捨てるように答えた。出入り口に突っ立っている彼女の横を抜け、岸部大吾が病室に踏み入った。真理亜と愛華を交互に見やる。

「どうやら――先生は医師としての本分を忘れているようだ」

真理亜は当惑した。

「何をおっしゃっているのか……」

「愛華を説得するために話を許可したのであって、プライバシーをほじくり返させるために許可したわけではない」

心臓がどくっと脈打った。

真理亜は自分が口にした言葉を思い返した。

心中――。

愛華の告白に衝撃を受け、事実を確認する中で『心中』という単語を口に出した。病室は防音ではないから、見舞いに来た二人の耳に入ったのではないか。

「私は何も……」

誤魔化しても無意味なことは分かっていても、素直に謝罪することはできなかった。謝ってしまったら、胸の内を明かしてくれた愛華の覚悟を否定することになる。

「私は愛華さんの信頼を得るため、彼女の〝声〟を聴いていたんです」

岸部大吾は鼻で笑った。嘲笑するような眼差しがあった。

真理亜は居心地の悪さを感じ、丸椅子の上で身じろぎした。

「……とにかく」有紀が言った。「中絶は他の病院でしてもらうから。あなたはもうお役御免よ」

23

真理亜は院長室で大河内院長に訴えた。

「もう少し時間をいただけませんか」頭を下げる。「お願いします。愛華さんがようやく心を開いてくれはじめたんです」

大河内院長はデスクの上で組み合わせた手に視線を落とし、ふう、と重いため息を漏らした。

「……水瀬先生の献身はよく分かるよ。私としても、信頼できる医者に委ねたいと思う。しかしね、岸部先生の決意は固く、すぐにでも中絶を行ってくれる病院に転院させる、とおっしゃっている。説得は無理だったよ」

「そんな……」

「明日の夕方には手続きが終わる」

真理亜は下唇を噛み締めた。

愛華は中絶の意思を示していない。それどころか、産む決意をしている。

両親はまたしても愛華の意思を無視し、中絶を強要するのか——。

今回は性犯罪による妊娠だから一度目のケースとは別物だが、それでも本人の意思を無視していいはずがない。

愛華さん——。

真理亜は大河内院長に事情を説明し、「何とかなりませんか」と改めて訴えた。

大河内院長は無念そうにかぶりを振った。

「岸部夫妻の決意は固く、翻意は無理だ。残念ながら私たちにできることはもうないよ」

「ですが――」

このままだと愛華の意思が無視されてしまう。彼女は両親の抑圧と強要に苦しみ、心中まで行っている。閉じ込め症候群《ロックドインシンドローム》でますます抵抗が難しくなった状況で、意思をないがしろにされたら、その絶望はどれほどのものだろう。

「愛華さんともう少し話をさせてください」

大河内院長は渋面でうなった。

「……岸部夫妻は、水瀬先生が愛華さんに接触しないよう、きつく念を押されてね」

「そんな――」

心中という醜聞を知られたからだ。だからこそ、関わらせないよう、圧力をかけた――。

うな垂れていると、大河内院長が口を開いた。

「しかしね……」

真理亜は顔を上げた。

「転院まで患者を診るのは医師の義務だよ。愛華さんの体に問題がないか、水瀬先生が気を配ることを咎められるいわれはない。たとえ患者の家族だとしてもね」

「それって――」

「万が一のときは私が責任を持つ。転院までに話が必要なら、話すといい」

「ありがとうございます！」

真理亜は改めて頭を下げると、院長室を辞去し、そのまま愛華の病室へ向かった。

彼女の〝声〟を聴ける猶予はほとんど残されていない。

時間は無駄にできない。

愛華の病室に着くと、ノックしてから間を置いた。室内から反応はない。

岸部夫妻の見舞いはないようだ。

安心してドアを開けた。愛華が一人、相変わらず天井を見つめたままベッドに寝ていた。

「愛華さん」真理亜はベッドに歩み寄り、話しかけた。「体調に気になることはない？」

彼女のまぶたを見つめる。

間を置き、まばたきが一回。

「そう。良かった」

真理亜は丸椅子に腰掛け、文字盤を取り出した。

「昨日の話の続きをしたいんだけど、いい？」

愛華の瞳が真理亜から逃げた。

「……愛華さん？」

愛華がまばたきをした。二、回――。

生理的な反応だろうか。それとも、『いいえ』と答えたのか？

「昨日は話が途中になってしまってごめんなさい。ご両親が転院の準備をはじめているの、知ってる？」

愛華は一回のまばたきで答えた。

「愛華さんの面倒を最後まで見たいから、院長にも掛け合ったけど、ご両親の意志は固いみたいで、阻止できなかったの。愛華さんの〝声〟を聴く時間があまりないから、話をしたいと思って」

愛華の表情をじっと見つめた。だが、いつまで待ってもまばたきはなかった。

「伝えたいことがある？」

真理亜は文字盤を取り出し、掲げた。愛華の瞳が動き、文字盤に据えられる。

真理亜は文字盤に指を添え、動かしはじめた。愛華のまぶたを注視したものの、変わらず、まばたきはなかった。

辛抱強く待ってみた。

愛華の瞳に何かの感情が表れた気がしたので、もう一度、文字盤の上で指を動かした。今度は〝わ〟で二回まばたきがあった。続けて文字を読んでいく。

〝わ〟〝た〟〝し〟〝は〟〝も〟〝う〟

〝は〟〝な〟〝す〟〝こ〟〝と〟〝は〟

〝な〟〝に〟〝も〟〝な〟〝い〟〝で〟〝す〟

真理亜は愛華の〝声〟に戸惑った。

「何もないっていうのは？」

愛華はまた〝声〟を消した。

「昨日は、心中の話を告白してくれたでしょう？　途中になっちゃったし、まだ話したいことがあるって感じたんだけど……」

しばしの沈黙の後、愛華がまた反応した。

〝ふ〟〝た〟〝り〟〝に〟

〝き〟〝ん〟〝し〟〝さ〟〝れ〟〝て〟〝い〟〝ま〟〝す〟

〝し〟〝ゃ〟〝べ〟〝る〟〝な〟〝っ〟〝て〟

口止め――。

唖然とした。

岸部夫妻は娘に口止めしたのだ。それほど心中の事実を恥と思っている、岸部家にとって。

「……愛華さんは明日、転院させられるの。たぶん、想いを伝えるチャンスは今しかない。〝声〟を聴かせてくれない？」

真理亜は文字盤の指を動かしはじめた。だが、愛華はまばたきで応えてくれなかった。

二回、三回と指を動かしても無駄だった。

愛華は――再び心を閉ざしてしまった。

24

産婦人科で三十代の妊婦を診終えると、真理亜は一人きりの診察室でため息を漏らした。

あの後、三十分以上粘ってみたものの、愛華はもう〝声〟を聴かせてはくれなかった。

彼女にとって両親の支配がどれほど強いか、思い知らされた。その場に二人がいなくても、彼女から〝声〟を奪ってしまうのだ。きっと中絶も彼女の同意とは関係なく行われるだろう。たとえ結末が同じだとしても、愛華自身が心から納得しているかどうかは大きな違いだ。

最後のチャンスとして愛華と向き合いたかったが、真理亜が愛華のもとを去った後、転院の準備の関係で岸部夫妻が夜まで病室にいたため、彼女と話をするタイミングはなかった。

歯嚙みしながら何度も腕時計を見た。長針の進みを確認するたびに、焦燥感に駆り立てられる。

時刻が午後九時半を回ったときだった。ノックがあり、女性看護師がやって来た。

「先生」

真理亜は彼女に顔を向けた。

「……岸部夫妻が帰られました」

真理亜はうなずき、「ありがとう」と答えて立ち上がった。彼女には報告をお願いしていた。

診察室を出ると、出歩く患者が少なくなった廊下を歩き、エレベーターを使って愛華の病室を訪ねた。

彼女はベッドに寝たきりだった。その表情は変わらず、感情を読み取ることは困難だ。

真理亜は後ろ手にドアを閉めると、ベッドに歩み寄り、丸椅子に腰を下ろした。

「愛華さん」

彼女の瞳は動かなかった。もう一度呼びかけると、瞳がゆっくり真理亜に据えられた。

「体調はどう？」

愛華は間を置いてからまばたきを一回した。

「そう、良かった」真理亜はふう、と息を吐き、単刀直入に切り出した。「ご両親は何か話した?」

まばたきが途絶える。

「愛華さんの〝声〟が聴けるのは今日が最後になるかもしれない。私は途中で投げ出したくない。愛華さんもまだ伝えたかったことがあるんでしょう?」

まばたきはなし。

ようやく触れられた気がする愛華の心が、たった数時間で遠のいてしまった。

「あなたが〝声〟を伝えても、ご両親には分からないの。もちろん私も他言したりしない」

やはりまばたきは、なし。

「ご両親は、怖い?」

尋ねて様子を窺う。

愛華は――目を細めた。まばたきではなかった。だが、〝声〟を伝えたい意思は感じた。

真理亜は文字盤を取り出した。

「使う?」

今度は一回のまばたきがあった。

思わず手に力が入った。

真理亜は文字盤に指を添え、動かしていった。

〝わ〟〝た〟〝し〟〝は〟〝り〟〝ょ〟〝う〟〝し〟〝ん〟〝に〟

〃さ〃〃か〃〃ら〃〃え〃〃ま〃〃せ〃〃ん〃

〃こ〃〃ど〃〃も〃〃の〃〃こ〃〃ろ〃〃か〃〃ら〃

〃じ〃〃ん〃〃せ〃〃い〃〃を〃

〃し〃〃は〃〃い〃〃さ〃〃れ〃〃て〃〃き〃〃ま〃〃し〃〃た〃

苦悩が滲み出た眼差し。

〃こ〃〃の〃〃ま〃〃ま〃〃だ〃〃っ〃〃た〃〃ら〃

〃こ〃〃を〃〃こ〃〃ろ〃〃さ〃〃れ〃〃ま〃〃す〃

〃た〃〃す〃〃け〃〃て〃〃く〃〃だ〃〃さ〃〃い〃

切実な訴えだった。

「愛華さんの意思をないがしろにしているのは分かる。私も愛華さんを助けたい」

〃わ〃〃た〃〃し〃〃は〃〃か〃〃れ〃〃と〃

〃い〃〃っ〃〃し〃〃ょ〃〃に〃

〃い〃〃た〃〃か〃〃っ〃〃た〃〃だ〃〃け〃

「……うん」

真理亜は同意を示してうなずいた。

〃で〃〃も〃

〃ゆ〃〃る〃〃さ〃〃れ〃〃ま〃〃せ〃〃ん〃〃で〃〃し〃〃た〃

〃り〃〃ょ〃〃う〃〃し〃〃ん〃〃は〃

〃ど〃〃う〃〃し〃〃て〃〃も〃

〝わ〟〝た〟〝し〟〝た〟〝ち〟〝を〟
〝み〟〝と〟〝め〟〝て〟〝く〟〝れ〟〝ま〟〝せ〟〝ん〟
〝で〟〝し〟〝た〟

二人揃って命を絶とうとするほど愛華は両親に追い詰められたのだ。彼女の意思はどれほどないがしろにされたのか。

「ご両親は心中の理由は知っているの？　つまり、二人に交際を認めてもらえなくて――」

愛華は目を細めると、二回まばたきをした。

〝り〟〝ょ〟〝う〟〝し〟〝ん〟〝と〟〝は〟
〝な〟〝に〟〝も〟〝は〟〝な〟〝し〟〝て〟
〝い〟〝ま〟〝せ〟〝ん〟

「あっ、ごめんなさい」

真理亜は自分の浅慮に気づいた。

愛華は心中を決意して車で崖下へ突っ込み、そのまま『江花病院』に搬送された。意識を取り戻したときには病室で、寝たきりだった。

閉じ込め症候群《ロックドインシンドローム》になり、誰にも〝声〟を伝えられていない。なぜ心中したのか、本当の胸の内を両親が知っているはずがない。

〝り〟〝ょ〟〝う〟〝し〟〝ん〟〝は〟
〝わ〟〝た〟〝し〟〝を〟
〝ひ〟〝が〟〝い〟〝し〟〝ゃ〟〝だ〟〝と〟

〝い〟〝い〟〝ま〟〝す〟

愛華が沈黙したので、真理亜は「被害者？」と訊いた。

〝り〟〝ょ〟〝う〟〝し〟〝ん〟〝は〟

〝か〟〝れ〟〝が〟〝わ〟〝た〟〝し〟〝を〟

〝そ〟〝そ〟〝の〟〝か〟〝し〟〝て〟

〝む〟〝り〟〝に〟〝し〟〝ん〟〝じ〟〝ゅ〟〝う〟

〝さ〟〝せ〟〝た〟〝と〟〝お〟〝も〟〝い〟〝こ〟〝ん〟〝で〟

〝い〟〝ま〟〝す〟

きっと岸部夫妻は愛華の彼氏を恨んでいるだろう。自分たちの抑圧が娘を追い詰めたとは想像もせず――。

愛華の瞳に涙の薄膜があった。

〝し〟〝ん〟〝じ〟〝ゅ〟〝う〟〝の〟

〝け〟〝つ〟〝い〟〝を〟〝つ〟〝た〟〝え〟〝た〟〝の〟〝は〟

〝わ〟〝た〟〝し〟〝な〟〝の〟〝に〟

真理亜は黙ってうなずくに留めた。愛華は鬱積した苦しみを吐き出すように、語り続けた。

〝は〟〝は〟〝は〟

〝あ〟〝な〟〝た〟〝の〟〝た〟〝め〟〝に〟

〝お〟〝し〟〝え〟〝て〟〝あ〟〝げ〟〝て〟〝い〟〝る〟〝の〟

〝と〟〝く〟〝ち〟〝ぐ〟〝せ〟〝の〟〝よ〟〝う〟〝に〟

〝く〟〝り〟〝か〟〝え〟〝し〟〝て〟
〝わ〟〝た〟〝し〟〝の〟〝い〟〝し〟〝を〟
〝こ〟〝ろ〟〝し〟〝ま〟〝し〟〝た〟

文字盤から絶望が匂い立つようだった。

あなたのためは自分のため――とはよく言ったもので、叱咤《しった》でも励ましでも助言でも説教でも、本当に本人の気持ちに寄り添ってしている人間が何人いるだろう。たぶん自分でも気づかず、それが正しいと思い込んで、本人の気持ちを想像していないのではないか。

幸福も不幸も本人が決めるのだとすれば、自分の価値観で他人の幸不幸を決めつけ、選択を強要したり、矯正を強いる行為がどれほど人を苦しめるか。

〝ち〟〝ち〟〝は〟〝ち〟〝ち〟〝で〟
〝ひ〟〝と〟〝の〟〝す〟〝き〟〝き〟〝ら〟〝い〟〝が〟
〝は〟〝っ〟〝き〟〝り〟〝し〟〝て〟〝い〟〝て〟
〝た〟〝に〟〝ん〟〝の〟〝け〟〝っ〟〝て〟〝ん〟
〝だ〟〝け〟〝を〟〝み〟〝て〟
〝ひ〟〝は〟〝ん〟〝や〟〝ふ〟〝ま〟〝ん〟〝ば〟〝か〟〝り〟

愛華が言うには、父親は他人の美点を一切見ず、仮に見たとしても、たった一つの欠点――彼の価値観に少しでも合わない部分――があれば、それだけでその人を全否定するという。愛華の恋人が持っている生来の優しさや思いやり、真面目さなどの美点は全て無視されたらしい。

自分の周りにも、そういうタイプの人間は何人かいるので、愛華の気持ちは多少なりとも理解できる。
『こういう言動をする男や女は地雷！』『許せない！』――とSNS《ツイッター》でつぶやいたり、そのような発言に共感して一緒になって批判しているタイプで、そんなことをしているうちにだんだん嫌いな人間だけが増えてきて、いつしか他人の欠点しか目に入らなくなる。そうなると、他者の些細《ささい》な欠点に目をつぶることができなくなっていく。

一緒にいると、自分の言動に神経質なほど気を遣うはめになるので精神的に疲弊するし、そういう知り合いとは自然と距離を取るようになった。

他人の言動や性格への批判は不寛容と紙一重で、自分自身、注意しなくては――と思う。

〝わ〟〝た〟〝し〟〝は〟
〝ち〟〝ち〟〝の〟〝よ〟〝う〟〝な〟
〝に〟〝ん〟〝げ〟〝ん〟〝が〟〝き〟〝ら〟〝い〟〝で〟
〝せ〟〝い〟〝は〟〝ん〟〝た〟〝い〟〝の〟
〝だ〟〝ん〟〝せ〟〝い〟〝を〟
〝す〟〝き〟〝に〟〝な〟〝っ〟〝た〟〝の〟〝か〟〝も〟
〝し〟〝れ〟〝ま〟〝せ〟〝ん〟

つまり、穏やかで、人をむやみに批判せず、他人に寛容な男性――。

話しているうち、真理亜はふと疑問を覚えた。

「そういえば、ニュースじゃ、心中とは報じられてなかったみたいだけど。あなた一人の交通事故として報じられてた」

愛華の瞳に苦悩が渦巻く。

〝ち〟〝ち〟〝は〟〝せ〟〝い〟〝じ〟〝か〟〝で〟〝す〟

〝し〟〝ゅ〟〝う〟〝ぶ〟〝ん〟〝を〟〝き〟〝ら〟〝っ〟〝て〟

〝じ〟〝じ〟〝つ〟〝を〟〝か〟〝く〟〝し〟〝ま〟〝し〟〝た〟

〝む〟〝す〟〝め〟〝が〟〝こ〟〝い〟〝び〟〝と〟〝と〟

〝し〟〝ん〟〝じ〟〝ゅ〟〝う〟〝し〟〝た〟〝な〟〝ん〟〝て〟

〝て〟〝い〟〝さ〟〝い〟〝が〟

〝わ〟〝る〟〝い〟〝か〟〝ら〟〝で〟〝す〟

岸部大吾の政治活動が脳裏に蘇る。

愛華が事故に遭ったとき、彼は選挙戦の真っただ中だった。対立候補に押され、当選が危うかった。

『愛娘《まなむすめ》が事故でこのような状態になり、私は難病に苦しむ当事者やご家族の困難が身に染みました。そのような方々を救うための政策を重視したいと考えています』

岸部大吾は涙目でそう訴えると、具体的な政策を熱弁した。その姿が人々の心を打って形勢が逆転し、見事当選を果たした。

彼の訴えは何も間違っていない。

だが――。

岸部大吾の中に娘の〝事故〟を選挙に利用しようという打算が一切なかったと言えるだろうか。愛華は娘として父親のそのような胸の内を読み取ったのではないか。

それでなおさら失望した――。

愛華が両親をまったく信用していない理由が分かった。岸部夫妻は娘の気持ちを想像しようともしなかったのだ。あなたのため、善意からの助言――と言いながら、彼女を追い詰めた。今もなお彼女の気持ちに無理解だ。

愛華の背負った不幸を想像すると、胸が締めつけられた。両親に追い詰められ、愛する恋人と心中を決意したが、生き残って閉じ込め症候群《ロックドインシンドローム》に陥って寝たきりになり、あげく、担当医によるレイプで妊娠――。

真理亜は愛華の二の腕に手を添えた。

どのような台詞も気休めにすらならないだろう。彼女にかけるべき言葉はなく、しばらくそうしていた。

愛華が目で何かを訴えたそうにしたので、真理亜は文字盤を取り上げた。

〝わ〟〝た〟〝し〟〝は〟

〝こ〟〝ん〟〝ど〟〝こ〟〝そ〟

〝じ〟〝ぶ〟〝ん〟〝の〟〝い〟〝し〟〝を〟

〝つ〟〝ら〟〝ぬ〟〝き〟〝た〟〝い〟〝ん〟〝で〟〝す〟

最初は何について語っているのか分からなかった。だが、すぐに思い至った。

出産――。

彼女は、出産の意志を貫き通す――と宣言しているのだ。

愛華は否定したが、やはり両親への復讐感情が決断に影響している気がしてならない。

〝せ〟〝ん〟〝せ〟〝い〟〝は〟
〝わ〟〝た〟〝し〟〝の〟〝み〟〝か〟〝た〟〝に〟
〝な〟〝っ〟〝て〟〝く〟〝れ〟〝ま〟〝す〟〝よ〟〝ね〟

味方——。

安易にはうなずけなかった。ここで味方になると答えれば、彼女の出産の決意を受け入れることになる。

真理亜は愛華と見つめ合った。敵だらけの中で唯一の味方に縋るような眼差しだった。

「……もちろん」

〝ほ〟〝ん〟〝と〟〝う〟〝で〟〝す〟〝か〟

「私は最初から愛華さんの味方よ。あなたにとって——あなたと赤ん坊にとっての最善を考えてる。あなたの意思に反することは絶対にしないから」

だからこそ、彼女の〝声〟を聴き、説得しようとしている。

説得——か。

結局のところ、それは愛華の両親がしようとしていることと何ら変わらないのではないか。

答えありきで彼女の決断をそこに導こうとしている。

〝あ〟〝り〟〝が〟〝と〟〝う〟
〝せ〟〝ん〟〝せ〟〝い〟
〝し〟〝ん〟〝じ〟〝て〟〝る〟

胸にチクリと痛みが走る。

〝わ〟〝た〟〝し〟〝は〟
〝か〟〝れ〟〝の〟〝た〟〝め〟〝に〟〝も〟
〝い〟〝き〟〝ま〟〝す〟

「そうね」真理亜はうなずいた。「彼もそう望んでいると思うわ。彼のことは残念だったけど……」

愛華の瞳に苦悩の翳りが宿った。

〝わ〟〝た〟〝し〟〝の〟〝せ〟〝い〟〝で〟
〝か〟〝れ〟〝を〟〝ま〟〝き〟〝こ〟〝ん〟〝で〟
〝し〟〝ま〟〝い〟〝ま〟〝し〟〝た〟
〝か〟〝れ〟〝も〟
〝わ〟〝た〟〝し〟〝と〟〝お〟〝な〟〝じ〟

真理亜は小首を傾げた。

「同じっていうのは？」

愛華の目がわずかに細まった。質問の真意を探っているような、妙な眼差し――。

「どういう意味なの？」

真理亜は文字盤を掲げた。愛華がまばたきで一文字ずつ、〝声〟を伝えていく。

〝か〟〝れ〟〝も〟
〝ね〟〝た〟〝き〟〝り〟〝に〟〝な〟〝っ〟〝て〟
〝う〟〝ご〟〝け〟〝ま〟〝せ〟〝ん〟

衝撃的な告白に心臓を直接叩かれたようなショックを受けた。心音が速まる。

真理亜は愛華の目を真っすぐ見つめた。

「寝たきりって――あなたの恋人は生きているの？」

愛華の瞳に宿るのは猜疑《さいぎ》だった。周知の事実を訊かれて困惑しているような――。

「心中したって聞いて、私、てっきり……」

〝せ〟〝ん〟〝せ〟〝い〟〝は〟

〝な〟〝に〟〝も〟

〝し〟〝ら〟〝な〟〝い〟〝ん〟〝で〟〝す〟〝か〟

文字盤を通して愛華が〝声〟を伝える。

表情が変わらないから、非難のニュアンスなのか、単純な質問なのか、感情は読み取れない。

「ごめんなさい。私は産婦人科の医師だから、他の科のことまでは把握していなくて……」

愛華は小さくまばたきした。

肯定の意思表示なのか、単なる生理的な反応なのか。判然としなかった。

「本当に彼もあなたと同じなの？」

愛華は今度ははっきりとまばたきをした。それから文字盤へ視線を移す。

真理亜は文字盤を掲げた。

〝こ〟〝れ〟〝は〟〝う〟〝ん〟〝め〟〝い〟

〝な〟〝ん〟〝で〟〝し〟〝ょ〟〝う〟〝か〟

運命――。

心中した二人が揃って生き延び、寝たきりに――。

当事者はそう感じるのかもしれない。だが、医師としてはこの残酷な現実を運命の二文字で片付けたくはなかった。

「恋人はこの病院に？」

愛華はまばたきを一回した。

愛華の恋人は『江花病院』に入院しているのか。何も知らなかった。

「彼も同じだっていつ知ったの？」

愛華はふっと視線を天井に向けた。記憶を掘り起こしているのだろう。

〝ず〟〝い〟〝ぶ〟〝ん〟〝ま〟〝え〟〝で〟〝す〟

〝ひ〟〝づ〟〝け〟〝の〟〝か〟〝ん〟〝か〟〝く〟〝は〟

〝あ〟〝り〟〝ま〟〝せ〟〝ん〟

〝け〟〝い〟〝さ〟〝つ〟〝の〟〝ひ〟〝と〟〝か〟〝ら〟

〝か〟〝れ〟〝が〟〝き〟〝し〟〝に〟

〝な〟〝が〟〝れ〟〝つ〟〝い〟〝て〟

〝べ〟〝つ〟〝の〟〝び〟〝ょ〟〝う〟〝い〟〝ん〟〝に〟

〝は〟〝こ〟〝び〟〝こ〟〝ま〟〝れ〟〝た〟〝こ〟〝と〟〝を〟
〝お〟〝し〟〝え〟〝ら〟〝れ〟〝ま〟〝し〟〝た〟
〝か〟〝れ〟〝は〟〝ず〟〝っ〟〝と〟
〝い〟〝し〟〝き〟〝ふ〟〝め〟〝い〟〝だ〟〝っ〟〝た〟
〝そ〟〝う〟〝で〟〝す〟

警察は同乗者の存在を知っていた――。

だが、岸部大吾が選挙の真っただ中だったので、公表を控えたのではないか。実際に圧力があったのかどうかは分からない。岸部大吾にそこまでの権力があるかは疑わしい。

何にせよ、彼は娘の〝事故〟を選挙に利用した――。

「教えてくれてありがとう。あなたの恋人と少し話をしても構わない？」

愛華はまばたきをしなかった。

「あなたが困ることは何も話さないから」

愛華はしばらくまぶたを動かさなかった。

だが、やがてまばたきを一回した。

「ありがとう」

真理亜は病室を出ると、一階の廊下で担当看護師を捕まえ、愛華の恋人について訊いた。

「はい。豊田雅史さんなら、たしかに三ヵ月ほど前からうちに転院してきています」

「彼と愛華さんの関係は知っている？」

「関係――ですか？」

「ううん」真理亜はかぶりを振った。「何も知らないならいいの。気にしないで」

愛華の担当看護師も関係を知らなかったのか。考えてみれば、誰も彼女とコミュニケーションを取っていないのだから、関係性を聞き出せるはずがない。警察が教えなければ、知らなくても無理はない。

真理亜は担当看護師から彼の病室を聞き、向かった。ノックしてからドアを開ける。

病室のベッドに男性が寝ていた。相貌は痩せこけていて鋭く、眼窩《がんか》はわずかに落ち窪《くぼ》んでいる。口の周りには無精髭がうっすら生えていた。

彼は天井を向いたまま、虚無の眼差しをしている。

彼が愛華と心中を図った恋人――。

「豊田雅史さん……？」

声をかけると、彼の眼球だけがわずかに動いた。彼の視界にはぎりぎり入っていないかもしれない。

真理亜は進み出て会釈した。

「医師の水瀬です」

豊田の返事はなかった。

彼も愛華と同じく、やはり閉じ込め症候群なのか。前の病院がどこかは知らないが、脳神経外科に力を入れている『江花病院』に転院してきたのは賢明かもしれない。

真理亜は丸椅子を引っ張り出し、腰を落ち着けた。ふう、と深呼吸して緊張を抜いてから話しかける。

「お話をさせていただいても構いませんか？」

当然、彼は何の反応も示さない。眼球がほんのわずかに揺れ動いているのみ――。

「愛華さんからあなたのことを聞きました」

名前を出すと、瞳に感情が表れた。それが何なのかまでは読み取れなかったが。

「構いませんか？」

彼は瞳を逃がした。

「少しお話を――」

今度は瞳が全く動かなかった。最初のころの愛華と同じく、心を完全に閉ざしている。誰とも言葉を交わせず、介助されなければ自分一人で何もできない境遇だから当然かもしれない。

それならば――。

「何とかあなたとコミュニケーションが取れたら――と思っています」

興味を示してくれたのか、二度ほどまばたきがあった。

今まで話は常に一方通行で、相手が話すのをただ聞いているしかなかったのだ。

「簡単な方法です。どうでしょう。試してみませんか？」

提案して彼の反応を待つ。

十秒ほどの沈黙を経て、彼は瞳を戻した。彼の視界に自分の上半身が入ったのが分かる。

「私が質問しますから、『はい』ならまばたき一回、『いいえ』ならまばたき二回で、答えていただけますか？　愛華さんともこうしてコミュニケーションを取ったんです」

興味を示してくれるといいのだが――。

「どうでしょう?」

真理亜は彼の目をじっと見つめた。やがて、彼がまばたきを一回だけした。

通じた——。

愛華と同じだ。唯一意思を持って動かせる部分を使うことで、コミュニケーションが取れる。

真理亜は居ずまいを正した。

「まずは簡単な質問からはじめますね」

彼が一回のまばたきで答えた。

「……あなたは豊田雅史さんですか?」

まばたきが一回。

「二十四歳ですか?」

まばたきが一回。

「女性ですか?」

まばたきが二回。

愛華と同じく、意識的に『はい』と『いいえ』を使ってくれている。

真理亜は安堵すると、本題に踏み込んだ。

「あなたは愛華さんをご存じですか?」

豊田は一回まばたきをした。だが、その眼差しには疑念が渦巻いている。

「愛華さんからお二人の関係を伺いました。それでお話を、と思いまして」

真理亜は深呼吸した。

「お二人がなぜこうなったかも、愛華さんから聞きました」

豊田は目を細めた。天井を睨みつけているが、その瞳には何も映っていないようだった。

「三ヵ月ほど前に転院されてきたそうですね」

間を置いてからまばたきが一回。

「『江花病院』は脳神経外科の名医が揃っていますから、どうぞご安心ください。私は専門外なのでいい加減なことは言えないんですが、症状が少しでも回復することを願っています」

豊田は目で何かを訴えた。だが、当然言葉はなく、彼の胸の内は分からなかった。

彼の瞳にあるのは、諦念か絶望か——。いずれにしても何らかの負の感情だった。

まばたきでコミュニケーションが取れるとはいえ、これでも一方通行の域を出ない。

もう少し彼の〝声〟が聴きたい。愛華のためにも——。

「豊田さんのほうも、私にもっと話したいことがありますか？　何でもいいんです」

豊田は迷いを見せた後、一回まばたきをした。

「私も豊田さんの想いを聞きたいです。少し大変かもしれないんですが、私にあなたの〝声〟を聴かせてほしいんです」

彼の目に困惑が表れる。

「『はい』と『いいえ』だけだと一方的な質問になってしまうので、何とか豊田さんの〝声〟を聴きたいんです。実は愛華さんともそうやって何日もコミュニケーションを取ってきたんです」

真理亜は文字盤を取り出し、彼に見えるように掲げた。豊田の瞳が困惑に揺れる。

「これを使うんです。私が指で文字を指していくので、豊田さんには話したい文字でまばたきをして止めてほしいんです」

真理亜は愛華にしたのと同じ説明を行った。豊田は細めた目で文字盤をねめつけている。

「何か分からないことはありますか？」

豊田は二回まばたきをした。

「じゃあ、簡単な言葉から試してみましょう」

真理亜は人差し指を動かした。豊田は〝た〟でまばたきをした。指を止め、下へ動かそうとした。だが、彼はすぐにまばたきを繰り返しはじめた。

「もしかして、〝た行〟ではなかったですか？」

豊田が一回まばたきをした。

どうやら今の愛華とコミュニケーションを取っている感覚で指を動かしてしまっていたらしく、文字盤の使用が初めての彼には速すぎたようだ。

意識的に人差し指をゆっくりと滑らせていった。

今度は、〝さ〟行で一回まばたきがあった。そのまま下へ向かうと、〝せ〟でまばたきがある。

〝せ〟〝ん〟〝せ〟〝い〟

たった四文字を読み取るだけで、今の愛華の五倍近い時間を要した。だが、彼にとっては初めての試みなので、仕方がないかもしれない。

真理亜は指を動かした。

〝あ〟〝い〟〝か〟〝は〟

〝ど〟〝う〟〝し〟〝て〟〝い〟〝ま〟〝す〟〝か〟

真理亜は言葉に詰まった。

心音が高鳴り、大きな音が胸の内側で響いている。手のひらにはじっとりと汗が滲み出ていた。

真理亜は渇いた喉を意識しながら答えた。

「……体調は心配ありません。最近はこうして文字盤でやり取りして、自分の〝声〟を人に伝えられるようになったからか、少し元気になっています」

誤魔化すしかなかった。担当医にレイプされて妊娠しているなど、一体どうして言えるだろう。あまりに残酷すぎる現実だ。彼のショックは計り知れない。

豊田の眼差しに優しさが表れていた。

〝よ〟〝か〟〝っ〟〝た〟〝で〟〝す〟

〝お〟〝れ〟〝に〟〝は〟

〝あ〟〝い〟〝か〟〝し〟〝か〟

〝い〟〝ま〟〝せ〟〝ん〟〝か〟〝ら〟

胸が締めつけられる。彼がこうして生きていたことは幸福なのか不幸なのか――。

「愛華さんを愛してるんですね、とても」

無難な返答だったはずだが、声色には隠しきれない緊張が滲み出てしまった。

〝か〟〝の〟〝じ〟〝ょ〟〝は〟

〝お〟〝れ〟〝の〟〝す〟〝べ〟〝て〟〝で〟〝す〟

〝あ〟〝い〟〝か〟〝に〟

〝あ〟〝い〟〝た〟〝い〟〝で〟〝す〟

「もしかして、入院してから会っていないんですか？」

豊田はまばたきを一回した。

考えてみれば、担当看護師ですら二人の関係を知らなかったのだ。会っているはずがない。誰にも〝声〟を伝えられなかったから仕方がないとはいえ、あまりに不幸だ。二人は同じ病院に入院しながら、階も違う病室に入っている。

〝あ〟〝い〟〝か〟〝の〟〝お〟〝や〟〝は〟

〝お〟〝れ〟〝と〟〝あ〟〝い〟〝か〟〝を〟

〝ぜ〟〝っ〟〝た〟〝い〟〝に〟

〝あ〟〝わ〟〝せ〟〝ま〟〝せ〟〝ん〟

岸部夫妻は二人の心中事件を知っているという。だったらなおさら二人が会うことを許可しないだろう。娘の心中は彼のせいだと考えているのだから。

〝あ〟〝い〟〝か〟〝に〟

〝あ〟〝わ〟〝せ〟〝て〟

〝く〟〝れ〟〝ま〟〝す〟〝か〟

とっさに返事ができなかった。顔を合わせたら、彼女の妊娠に気づかれてしまう可能性がある。

病室には緊張が張り詰めていた。

豊田の縋るような眼差しが注がれている。

「……時期を見て、検討しますね」

そう答えるしかなかった。

豊田が文字盤で〝声〟を伝える。

〝じ〟〝き〟〝っ〟〝て〟

〝い〟〝つ〟〝で〟〝す〟〝か〟

時期――。

それは愛華が中絶を終えた後しかない。

「愛華さんの体調を確認して、落ち着いたら必ず――」

誤魔化しているのが伝わっただろうか。表情をうまく隠せたか、正直、自信がない。

豊田と視線がしばらく交わった。

「……何か伝えたいこと、ありますか？」

文字盤を持ち上げると、豊田は一回のまばたきで答えた。一文字一文字読み取っていく。

〝か〟〝の〟〝じ〟〝ょ〟〝の〟

〝い〟〝し〟〝だ〟〝っ〟〝た〟〝ん〟〝で〟〝す〟

医師？　意思？

平仮名でのコミュニケーションなので、同音の漢字がすぐには頭の中で変換できない。どちらの単語でも意味が通じて、会話が成立する場合は特に。

「〝いし〟っていうのは、お医者さんの話ですか？　それとも意思表示のほうですか？」

尋ねてから失敗したと気づいた。愛華とあれだけ文字盤で会話してきていながら、つい、普通に質問してしまう。『はい』か『いいえ』で答えられる質問でも、二つ重ねたらどっちに返事をしたらいいか分からないだろう。

「すみません」真理亜は質問し直した。「〝いし〟っていうのは、お医者さんのほうですか？」

豊田が二回まばたきをした。

「では、意思表示のほうの意思ですか？」

今度はまばたきが一回。

理解した。

「彼女の意思っていうのは、何のことですか？　心中のことなら彼女から聞いています」

豊田は二回まばたきをした。

心中の話でないなら何だろう。彼の眼差しは深刻で、表情が変わらなくても思い詰めているのが分かる。

「教えていただけますか」

豊田は一回のまばたきで答えると、文字盤のほうへ眼球を動かした。

真理亜は文字盤を使った。彼が伝えたい〝声〟を一文字一文字読み取っていく。

〝こ〟〝ん〟〝な〟〝じ〟〝よ〟〝う〟〝た〟〝い〟〝に〟

〝な〟〝っ〟〝て〟〝も〟

豊田はそこまで答えてから文字盤に反応しなくなった。間を置いてから二回まばたきをする。話した内容を撤回したいということだろうか。

真理亜は再び文字盤に人差し指を添えると、〝あ〟から順に動かしていった。

〝こ〟〝ん〟〝な〟〝じ〟〝ょ〟〝う〟〝た〟〝い〟

〝だ〟〝か〟〝ら〟〝こ〟〝そ〟

〝か〟〝の〟〝じ〟〝ょ〟〝は〟〝ひ〟〝が〟〝ん〟〝を〟

〝か〟〝な〟〝え〟〝た〟〝が〟〝っ〟〝た〟〝ん〟〝で〟〝す〟

悲願――？

何の話をしているのだろう。こんな状態だからこそ――という表現を聞くと、まるで二人が寝たきりになってからコミュニケーションを取ったかのようではないか。

「愛華さんは何を望んでいたんですか」

尋ねると、豊田の瞳に苦渋が滲み出た。そこには深い絶望が渦巻いているようにも見えた。

〝お〟〝れ〟〝た〟〝ち〟〝の〟

〝こ〟〝を〟

一瞬〝こ〟に当てはめる漢字が分からず、文意の理解が遅れた。だが、〝子〟だと分かった。

愛華は未成年のころ、両親によって望まぬ中絶を強いられている。愛する恋人の子を産めなかったのだ。

真理亜は下唇を噛み、ぐっと拳を握り締めた。

豊田が文字盤を通して〝声〟を伝える。

〝だ〟〝か〟〝ら〟〝あ〟〝い〟〝か〟〝は〟

〝た〟〝か〟〝も〟〝り〟〝せ〟〝ん〟〝せ〟〝い〟〝に〟

〝た〟〝の〟〝ん〟〝で〟

〝じ〟〝ん〟〝こ〟〝う〟〝じ〟〝ゅ〟〝せ〟〝い〟〝を〟

〝お〟〝こ〟〝な〟〝っ〟〝た〟〝ん〟〝で〟〝す〟

豊田が語った言葉が文章として脳裏に浮かび上がると、真理亜は目を瞠《みは》った。

〝だから愛華は高森先生に頼んで人工授精を行ったんです〟

26

人工授精――。

産婦人科の医師として馴染《なじ》み深い単語であるにもかかわらず、一瞬、彼が何を言っているのか理解できなかった。

「人工授精って――どういう意味ですか？」

豊田は目をぱちくりさせた。

「愛華さんが人工授精をしたんですか？」

豊田は躊躇を見せた後、まばたきをした。一回――。

彼は一体何を言っているのだろう。過去の話なのか？　いや、高森に頼んだなら、寝たきりになってからだ。

状況が摑めない。意味が分からない。頭の中に疑問符が渦巻き、混乱する。

愛華は高森にレイプされて妊娠したはずだ。それが人工授精――？

「人工授精というのは、あなたと愛華さんの子供――ということですか？」

豊田はまばたきを一回した。

それだけでは何も分からない。

「どういうことなのか、話してくれますか？」

真理亜は文字盤を掲げ、「お願いします」と頼んだ。豊田は文字盤を睨みつけている。

だが、やがてまばたきを一回した。

〝あ〟〝い〟〝か〟〝は〟

〝り〟〝ょ〟〝う〟〝し〟〝ん〟〝に〟

〝し〟〝ゅ〟〝っ〟〝さ〟〝ん〟〝を〟

〝ゆ〟〝る〟〝さ〟〝れ〟〝ず〟

〝ち〟〝ゅ〟〝う〟〝ぜ〟〝つ〟〝し〟〝ま〟〝し〟〝た〟

真理亜はうなずいた。

「愛華さんから聞きました。それがずっと尾を引いていて、お二人は心中を――」

〝だ〟〝か〟〝ら〟〝あ〟〝い〟〝か〟〝は〟

〝こ〟〝ん〟〝い〟〝ど〟〝こ〟〝そ〟

〝お〟〝れ〟〝た〟〝ち〟〝の〟〝こ〟〝を〟

〝う〟〝み〟〝た〟〝が〟〝っ〟〝た〟〝ん〟〝で〟〝す〟

豊田は時間をかけて一文字一文字、〝声〟を伝えた。彼のことが少しずつ分かってくる。

母親が夜ごと絵本を読んでくれたから、幼稚園に入ったときには平仮名が読めた。中学校や高校時代は、クラスメートたちがグループを作って仲良く楽しんでいる中、教室の片隅で一人、本を読んでいた。夏目漱石や太宰治、芥川龍之介、ヘミングウェイ、ディケンズを愛した。

そのうち、自分でも小説を書いてみるようになった。

実家暮らしの身に甘え、文学に人生を捧げる覚悟で原稿用紙に向き合った。扱うテーマは〝孤独〟や〝死〟――。

そんな彼が変わったのは愛華との出会いだった。図書館で同じ本を手に取って意気投合し、話すようになった――。

〝お〟〝れ〟〝は〟〝あ〟〝い〟〝か〟〝と〟

〝む〟〝す〟〝ば〟〝れ〟〝ま〟〝せ〟〝ん〟〝で〟〝し〟〝た〟

〝あ〟〝い〟〝か〟〝が〟〝け〟〝つ〟〝だ〟〝ん〟〝し〟〝て〟

〝し〟〝ん〟〝じ〟〝ゅ〟〝う〟〝を〟〝し〟〝ま〟〝し〟〝た〟

心中――という単語には、破滅的で、文学的で、耽美《たんび》な気配があり、その場の雰囲気で受け入れた。

心中で死に切れず、寝たきりになった豊田は、『自分はなぜ生きているのだろう』と毎日ベッドの上で自問したという。視界に映る景色は灰色の天井だけ――。

あのまま死んでいれば――。

この先、一生自分は――。

体を動かすことができれば――。

〝こ〟〝う〟〝な〟〝っ〟〝て〟〝し〟〝ま〟〝っ〟〝て〟
〝い〟〝ま〟〝で〟〝は〟
〝こ〟〝う〟〝か〟〝い〟〝も〟〝あ〟〝り〟〝ま〟〝す〟
〝そ〟〝ん〟〝な〟〝と〟〝き〟
〝で〟〝あ〟〝っ〟〝た〟〝の〟〝が〟
〝た〟〝か〟〝も〟〝り〟〝せ〟〝ん〟〝せ〟〝い〟〝で〟〝す〟

豊田が言うには、高森は文字盤を使って愛華と対話をしており、事情を全て知っていたという。

〝あ〟〝い〟〝か〟〝が〟〝こ〟〝ど〟〝も〟〝を〟
〝う〟〝み〟〝た〟〝い〟〝と〟
〝せ〟〝つ〟〝ぼ〟〝う〟〝し〟〝て〟〝い〟〝る〟〝と〟
〝き〟〝き〟〝ま〟〝し〟〝た〟
〝た〟〝か〟〝も〟〝り〟〝せ〟〝ん〟〝せ〟〝い〟〝か〟〝ら〟
〝あ〟〝い〟〝か〟〝の〟〝き〟〝も〟〝ち〟〝と〟
〝か〟〝く〟〝ご〟〝を〟〝き〟〝い〟〝て〟
〝じ〟〝ん〟〝こ〟〝う〟〝じ〟〝ゅ〟〝せ〟〝い〟〝に〟
〝ど〟〝う〟〝い〟〝し〟〝ま〟〝し〟〝た〟

その夜、病室を訪ねてきた高森は、自分と豊田を重ね合わせ、自身の後悔を語り聞かせた。

『僕もね、あなたと同じで、親が障害として立ち塞がりました。親はちゃんとした女性との結婚を望んでいたようで、僕が結婚を考えた女性はお眼鏡に適わなかったんです』

『彼女は高卒で、勉強も得意ではなく、バイトしながら実家で〝家事手伝い〟をしている女性でした。名前は友理奈。彼女は料理が大好きで、デートのたび、手料理をご馳走してくれました。僕がそれなりのお店で外食しようと提案しても、私は手料理を食べてもらいたいの、と言って聞かず、お弁当まで作ってくれて――』

『しかし、両親は許してくれませんでした。父親はＩＴ企業の重役で、母親は某病院の理事長をしていて、二人とも、彼女の美点を何一つ評価してくれませんでした』

『彼女は決して人の悪口を言わず、いつもにこやかで、友達に囲まれている女性でした。物事に対して批判的な目しか向けない両親とは対照的で、今思うと、だからこそ、僕は余計に惹かれたのかもしれません』

『母は男に尽くすタイプの――いわゆる家庭的な女性像を嫌悪しているから、そういう女性の存在が許せないんです。父は学歴を重んじているから、大学を出ていない彼女を見下していました。彼女は息子の妻に相応しくない、と繰り返すんです。友理奈を紹介したとき、本人に言い放ちました。彼女の強張った顔は忘れられません』

『「若いのにそんな古臭い価値観に囚われているなんて――」母は友理奈にそう言いました。彼女は涙を見せながらも、「彼が好きなんです」とはっきり言ってくれましたが、鼻で笑われて終わりです』

『母は自分が社会でバリバリやっているし、父はそんな母を愛しているので、友理奈のような価値観も生き方も認めていないんです』

数時間かけて豊田は語った。

〝た〟〝か〟〝も〟〝り〟〝せ〟〝ん〟〝せ〟〝い〟〝の〟

〝か〟〝の〟〝じ〟〝ょ〟〝の〟〝く〟〝る〟〝し〟〝み〟〝は〟

〝い〟〝た〟〝い〟〝ほ〟〝ど〟

〝よ〟〝く〟〝わ〟〝か〟〝り〟〝ま〟〝し〟〝た〟

相手の親から自分の価値観を全否定されると、自分の人生そのものを否定された気になります、と豊田は文字盤を通して語った。

『あなたは彼女と同じです。相手の親に認めてもらえず、結ばれない運命を悲観して――』

『……そう、あなたは友理奈なんです』

『だから僕は――』

高森は豊田を自分の元恋人に重ね合わせると、下半身に手を伸ばした。

股間をまさぐられている感覚があった。

自分では射精できないから仕方がないとはいえ、赤の他人の――しかも、男の手でそんなことをされるのは屈辱的で、惨めだった。ただただ我慢し、耐え忍んだ。

豊田はそう語った。

〝そ〟〝れ〟〝か〟〝ら〟

〝つ〟〝き〟〝ひ〟〝が〟〝た〟〝っ〟〝て〟

〝あ〟〝い〟〝か〟〝が〟〝に〟〝ん〟〝し〟〝ん〟〝し〟〝た〟

〝と〟〝お〟〝し〟〝え〟〝ら〟〝れ〟〝ま〟〝し〟〝た〟

真理亜は愕然としたまま、豊田の話を聞いていた。信じられない真相に戦慄を覚えた。

「……その話は本当なんですか？」

豊田はまばたきを一回すると、文字盤に目を移した。眼差しで訴える。

真理亜は文字盤を使った。

〝こ〟〝ん〟〝な〟〝う〟〝そ〟〝を〟〝つ〟〝い〟〝て〟

〝ど〟〝う〟〝す〟〝る〟〝ん〟〝で〟〝す〟〝か〟

〝せ〟〝ん〟〝せ〟〝い〟〝は〟

〝ご〟〝ぞ〟〝ん〟〝じ〟〝じ〟〝ゃ〟

〝な〟〝い〟〝ん〟〝で〟〝す〟〝か〟

「すみません。病院内で情報の伝達が不充分で――」

そう言うしかなかった。

〝た〟〝か〟〝も〟〝り〟〝せ〟〝ん〟〝せ〟〝い〟〝は〟

〝ど〟〝う〟〝し〟〝た〟〝ん〟〝で〟〝す〟〝か〟

〝あ〟〝い〟〝か〟〝と〟

〝お〟〝れ〟〝た〟〝ち〟〝の〟〝こ〟〝も〟

〝し〟〝ん〟〝ぱ〟〝い〟〝で〟〝す〟

豊田は高森が逮捕されたことを知らないのか。

考えてみれば、病院の醜聞は極力知らせたくないだろう。自発的にニュースを見聞きできない豊田は、報道を知らないのだ。

真理亜は唾を飲み込んだ。だが、喉の渇きは全く癒えず、すぐに干上がった。

豊田の話が真実なら——高森は冤罪だ。彼は愛華をレイプしていない。

高森は二人の同意を得て人工授精を行っただけ——。

警察に真相を伝えなければいけない。

真理亜は丸椅子から立ち上がった。

27

愛華の病室には、東堂と明澄の二人の捜査官が訪れていた。

今日の夕方に愛華は転院してしまう。話をするチャンスは今しかなかった。

真理亜は二人を見た。

東堂が困惑顔で突っ立っている。

「……お話というのは？」

愛華のことで話がある、と連絡し、来てもらっている。事情は何一つ伝えていない。

岸部夫妻には連絡していない。この場に居合わせたら話がややこしくなるだろう。警察に真相を話してから、判断してもらうほうが賢明だと考えた。

「高森先生は何か話しましたか？」

真理亜は捜査官二人に訊いた。

東堂と明澄が目で会話するように視線を交わらせる。東堂が向き直り、「いいえ」と首を振った。

「彼は黙秘を続けています」

「起訴されるんですか？」

「社会的に影響が大きい事件ですし、当然そうなるでしょう。ただ、催眠下のまばたきで答えた告発にどれほど証拠能力があるか……。正直、物証が必要です」

「そうですか……」

真理亜は、ベッドの愛華を見た。彼女は仰向けのまま、瞳をこちらに向けている。

彼女の眼差しには当惑があるように思えた。会話の内容から高森が何かよくない状況に陥っていると察しただろう。

思えば、今まで高森の話題は避けていた。

「たとえば――」東堂が言った。「赤ん坊のＤＮＡを採取できると、物証になるかもしれません。彼女の証言が得られないなら、そのような証拠を積み上げねば難しい裁判になるでしょう」

「ＤＮＡ鑑定は無意味だと思います」

「え？」

「……実は、少し前から愛華さんとコミュニケーションをとっているんです」

「例のまばたきですか？」

「いいえ。まばたきだと『はい』か『いいえ』の二択で一方的に質問するだけですから、もう少し会話ができる方法はないか、いろいろ考えたんです。お互いの視線を合わせる透明文字盤は訓練が必要ですし、もっと簡単な方法はないか悩んで、これを――」

真理亜は文字盤を掲げ、使い方を説明した。二人は感心したように話を聞いていた。

「それで愛華さんから話が聞けたわけですか」

東堂が興味深そうに訊いた。

「そうなんです。文字盤を使うことで、初めて彼女の〝声〟が聴けたんです」

「なるほど……。時間はかかるかもしれませんが、それなら彼女の証言を得られそうですね」

「そのことに関してなんですが……彼女の〝声〟を聴いて真実が分かったんです」

「真実？」

東堂が愛華をちらっと見やる。

真理亜は緊張とともに唾を飲み込んだ。恋人の豊田から聞かされた真実の衝撃が生々しく蘇ってくる。

「愛華さん」真理亜は彼女に話しかけた。「刑事さんに事故の真相、話しても構わない？」

断らないという確信があったから、確認が今になった。愛華は一回のまばたきで答えた。

真理亜はうなずくと、二人の捜査官に向き直った。東堂が怪訝な顔つきで訊く。

「事故の真相というのは？」

「……愛華さんがこうなったのは、交通事故じゃなかったんです。心中を決意して、車でガードレールへ突っ込んだんです。それで崖下へ」

東堂の眉がピクッと動いた。

「心中――？」

「はい」真理亜は愛華を見ながら続けた。「愛する恋人との交際をご両親に認めてもらえず、思い詰めたすえの決断だったそうです。親に支配された人生から逃げるために。警察の中で情報は共有されていなかったんですか？」

「……初耳です」

「事故当時、岸部さんが政治家として圧力をかけたか、選挙の真っ最中だったので警察のほうが勝手に忖度したのか、愛華さんの事故が心中だった事実は伏せられたようです」

東堂は眉間に皺を寄せた。

「……警察の人間としては恥ずべきことですが、実際、そういう例はままあります。交通事故と心中では印象が全く違いますからね。忌憚《きたん》のない意見を述べさせてもらうなら、心中の事実が報じられていたら、岸部先生は選挙には勝てなかったでしょう。圧力と忖度の合わせ技――というのが真相かもしれませんね」

そう、世間が岸部大吾に心を動かされたのは、不慮の事故で愛娘が寝たきりになったからだ。心中だったとすれば、当然、娘がそこまで思い詰めた事情に興味が集まるだろう。両親が娘の自由な意思を奪い、一度中絶まで強いていることが暴露されたら、岸部大吾の印象は一瞬で引っくり返る。

「お話というのは、それですか？」東堂の顔には若干の困惑が表れていた。「今回の事件は、愛華さんがこうなった理由とは関係ないでしょう？」

「それが……」

「何です？　まだ何かありますか？」

真理亜は慎重にうなずいた。

「私は愛華さんとコミュニケーションを取って、恋人の豊田さんの存在を知りました。豊田さんも同じ閉じ込め症候群になっていたんです。彼も『江花病院』に入院しています」

「そうでしたか……」

「そこで私は文字盤を使って豊田さんからも話を聞いたんです」

東堂は話の続きを促すように、黙ったままうなずいた。

真理亜は深呼吸すると、覚悟を決めた。

「……高森先生は冤罪かもしれません」

東堂が顰めっ面になる。

「冤罪――？」

「そうなんです」

「説明をお願いできますか」

伝聞では納得してもらうことは難しいだろう。愛華の〝声〟を聴いてもらうほうがいい。

真理亜は丸椅子を引っ張り出すと、腰を下ろし、愛華を見た。彼女の瞳がわずかに動く。

「愛華さん」真理亜は彼女に話しかけた。「昨日、豊田さんと話をしてきました。同じように文字盤を使ってコミュニケーションをとったんです」

愛華は一回まばたきをした。返事というより、相槌《あいづち》だろう。

「豊田さんもあなたを心配していました。あなたとおなかの中の子を――」

愛華はまた一回まばたきをした。

彼女の反応で確信した。愛華はおなかの子の父親が誰なのか、隠していないのだ。

「水瀬先生」東堂が当惑した声で割って入った。「恋人がおなかの子の心配って――どういう意味ですか」

真理亜は彼を振り返った。

「恋人も彼女の妊娠を把握しているんですか？」

「それが――」真理亜は言いよどんだ。「私が知った真実――というのがその問題なんです」

「つまり？」

「……それは、彼女の〝声〟を聴いてみましょう」真理亜は愛華に向き直った。彼女の目を見つめる。「愛華さん。今でも赤ん坊を産む決意は変わらない？」

愛華はまばたきを一回した。

「それは――愛する相手との赤ん坊だから？」

愛華は迷わずまばたきを一回した。

「何を言っているんですか？」

真後ろから東堂の動揺した声が聞こえた。

「愛する相手というのは、まさか高森被疑者のことですか？」

真理亜は彼には答えず、愛華に質問した。

「愛華さんは豊田さんの子供を妊娠しているんでしょう？」

まばたきが一回。

「豊田さんから全て聞いたの。愛華さんは高森先生に頼んで、人工授精を行ったんでしょう？」

まばたきが一回。

真理亜は二人の捜査官を振り返った。東堂も明澄も目を瞠っている。

「人工授精――？」

東堂がつぶやくように言った。

「そういうことなんです。高森先生は二人の人工授精を行ったんです」

「話が分かりません。愛華さんは本当にまばたきでちゃんと返事しているんですか？」

「もちろんです」真理亜は文字盤を手に取った。「愛華さんの〝声〟を聴きましょう」

真理亜は愛華を見ると、「ベッドを起こすわね」と確認を取り、スイッチを押した。ベッドの頭側半分がゆっくりと起き上がる。

真理亜は文字盤を掲げた。

「豊田さんは、愛華さんが人工授精を決めて、高森先生に頼んだって言ってた。それは事実？」

真理亜は文字盤に人差し指を添えると、〝あ〟から動かしていった。愛華が特定の文字でまばたきし、一文字一文字、文章を作っていく。

東堂と明澄は奇跡でも目の当たりにしたように、その光景を見つめていた。

〝そ〟〝う〟〝で〟〝す〟

〝わ〟〝た〟〝し〟〝が〟

〝た〟〝か〟〝も〟〝り〟〝せ〟〝ん〟〝せ〟〝い〟〝に〟

〝お〟〝ね〟〝が〟〝い〟〝し〟〝ま〟〝し〟〝た〟

「待ってください」東堂が進み出てきた。「私にも彼女に質問させてもらえませんか」

真理亜は愛華に「構わない？」と尋ねた。愛華がまばたきを一回した。

「どうぞ」

真理亜は文字盤を掲げたまま、東堂に言った。

東堂は真理亜の隣に立ち、愛華の視界に入るようにした。真剣な眼差しで彼女を見つめる。

「単刀直入に伺います。あなたは担当の高森医師に――暴行されて妊娠したのではないんですか？」

愛華が目を見開いた。

彼女の視線が文字盤に向く。

〝ち〟〝が〟〝い〟〝ま〟〝す〟

〝な〟〝ぜ〟〝そ〟〝ん〟〝な〟〝は〟〝な〟〝し〟〝に〟

〝な〟〝っ〟〝て〟〝い〟〝る〟〝ん〟〝で〟〝す〟〝か〟

〝た〟〝か〟〝も〟〝り〟〝せ〟〝ん〟〝せ〟〝い〟〝は〟

〝わ〟〝た〟〝し〟〝の〟〝み〟〝か〟〝た〟〝で〟〝す〟

「しかし――」

東堂は眉を顰めていた。

そもそも、なぜ愛華が高森医師にレイプされて妊娠したと思い込んだのか――。

寝たきりの彼女が入院中に妊娠した。当然、彼女の意思を無視した暴行しかありえないと考えた。誰かが彼女をレイプしたという前提で犯人を捜した。

そして——。

「あなたは高森医師を告発したんです」東堂が言った。「犯人は高森医師だと答えたんです」

そう、愛華は高森を告発した。

彼女が文字盤を見たので、真理亜は人差し指を添え、一文字一文字動かした。

〝し〟〝り〟〝ま〟〝せ〟〝ん〟

〝た〟〝か〟〝も〟〝り〟〝せ〟〝ん〟〝せ〟〝い〟〝は〟

〝そ〟〝ん〟〝な〟〝こ〟〝と〟〝し〟〝ま〟〝せ〟〝ん〟

あのときは催眠状態で答えているので、彼女が覚えていないのは当然だ。だが——。

「だから我々警察は高森医師を逮捕したんです」

愛華の瞳に困惑が浮かんでいる。

〝た〟〝か〟〝も〟〝り〟〝せ〟〝ん〟〝せ〟〝い〟〝を〟

〝た〟〝い〟〝ほ〟〝し〟〝た〟〝ん〟〝で〟〝す〟〝か〟

〝な〟〝ぜ〟

彼女は間を置いてから続けた。

〝た〟〝か〟〝も〟〝り〟〝せ〟〝ん〟〝せ〟〝い〟〝は〟

〝わ〟〝た〟〝し〟〝た〟〝ち〟〝の〟

〝ゆ〟〝い〟〝い〟〝つ〟〝の〟

〝み〟〝か〟〝た〟〝な〟〝の〟〝に〟

東堂は言葉に詰まったように黙り込んだ。だが、静かに息を吐き、問いかけた。

「あなたは精神科医の先生によって退行催眠を受けましたよね？　覚えていますか？」

愛華はまばたきを一回した。

「記憶に残っていないかもしれませんが、あなたは催眠で事件当日へ戻って、証言したんです。嘘がつけない状態での証言でした」

――あなたは真実しか話せません。素直に喋ることは、気持ちがいいことです。これを機に全てを吐き出してしまいましょう。

一之瀬医師の暗示が脳裏に蘇る。

愛華が文字盤を通して〝声〟を伝えた。

〝い〟〝み〟〝が〟〝わ〟〝か〟〝り〟〝ま〟〝せ〟〝ん〟

〝わ〟〝た〟〝し〟〝は〟〝い〟〝ま〟〝も〟

〝う〟〝そ〟〝を〟〝つ〟〝い〟〝て〟〝い〟〝ま〟〝せ〟〝ん〟

「では、精神科医がいい加減なことを言っていたんでしょうか？　嘘をつけないという話が間違っていた――」

――彼女は真実だけを話しています。というか、嘘をつけないんです。私が〝退行催眠〟でそういう暗示をかけたからです。

一之瀬医師はそう言っていた。まったくのデタラメだったとは思えない。愛華は嘘がつけない状態だった――。

ではなぜ高森をレイプ犯として告発したのか。

真理亜はあの日の記憶を掘り起こした。

あのとき、東堂はたしか――。

真理亜ははっとし、東堂の顔を見た。

「東堂さん。たぶん、一之瀬先生は事実をおっしゃっていたと思います」

「しかし、それでは矛盾が――」

「いえ、生じないんです」

「なぜです？」

「私たちは愛華さんが性犯罪の被害者になったと思い込んで、気遣いから直接的な表現を避けていました。私も〝レイプ〟という単語は口にしないよう、注意していました。愛華さんが動揺すると思ったからです」

「はい、そうですね。言葉遣いには常に神経を使います。そうでなければ性犯罪の被害者とは話せません」

「それで誤解が生まれたんです」

「……誤解？」

「はい。催眠状態の愛華さんに東堂さんがどう質問したか、覚えていますか？」

東堂は眉根を寄せ、口を閉ざした。間を置き、ゆっくりとかぶりを振る。

「高森医師がやったのかどうか、訊いたと思います」

「私の記憶がたしかなら、東堂さんは愛華さんにこう訊いたんです。〝あなたを妊娠させたのは高森医師ですか〟」

東堂が一瞬遅れて「あっ」と声を上げた。

「気づかれましたか。〝あなたを妊娠させたのは〟」真理亜はふうと息を吐いた。「そうなんです。愛華さんは決して嘘はついていなかったんです。愛華さんを妊娠させたのは、間違いなく高森先生だからです。愛華さんに頼まれて、豊田さんの精子を彼女に注入した――」

閉じ込め症候群の愛華は豊田と性行為ができない。そういう意味では、彼女にとって自分を妊娠させたのは豊田ではなかったのだ。高森が人工授精で愛する恋人との子を妊娠させてくれた――。

たとえ催眠状態で嘘がつけなかったとしても、話を聞くこちらが事実誤認や誤解をする可能性はある。なぜそのことに気づかなかったのか。

明澄が愕然としたようにかぶりを振った。

「そんなことって――」

「しかし事実です」

「彼はレイプ犯じゃなかった――」

「はい。全ては思い込みと先入観と誤解の産物だったんです。高森先生は犯罪者ではありません」

思い返すと、明澄は『私たちは、あなたにこんなことをした人間を突き止めたいの』と訊いた。有紀は『相手は誰?』『若い男?』と訊いた。

愛華はレイプ犯ではなく、人工授精の相手を突き止めようとしている、と誤解したのではないか。だから真相を必死に隠した――。

明澄は東堂と目を交わし、愛華に向き直った。現実を受け入れる時間が必要であるかのように、しばらく口をつぐんでいた。

やがてぽつりと言った。

「私たちは最初から間違っていたんですね……」

真理亜は無言でうなずいた。

明澄は後悔を噛み締めるように続けた。

「寝たきりの女性が妊娠していると分かった時点で、性犯罪以外の可能性は想像もしませんでした。水瀬先生がおっしゃったように、完全な先入観です。曖昧な質問を続けて、真相を見誤りました」

心中に失敗して寝たきりになってしまった二人が高森医師に頼み、人工授精で妊娠した——。

愛華が中絶を拒否し、頑《かたく》なに産む意志を変えないのも当然だ。愛する恋人との赤ん坊だったのだから。

復讐感情で意地になっているのではないか、と訊いたとき、彼女が否定したのも当たり前だ。

——二人なら赤ちゃんを任せられます。

愛華は赤ん坊を祖父母に託すつもりだという。性犯罪による妊娠だと思い込んでいたから、『愛華さんには残酷な言い方になってしまうかもしれないけど、妊娠の事情を知ったら、おじいさんやおばあさんも考え方を変えるかもしれない——』って私は心配しているの』と話した。

彼女は確信を持っているように『二人なら愛情を注いでくれます』『二人は私の味方です』と答えた。愛する相手との子供だから、彼女の味方の祖父母ならしっかり面倒を見てくれる、と自信があったのだ。

真理亜は愛華の全身を見つめた。

これは性犯罪者の赤ん坊をどうするか、という話ではなく、病気や障害で不自由な体になった人の尊厳と意思を認めるかどうか、という話なのだ。

真理亜は愛華に話しかけた。

「今度こそ、愛する彼との子供を産みたいと思っているのね？」

文字盤を掲げ、愛華の〝声〟を聴く。

〝は〟〝い〟

〝わ〟〝た〟〝し〟〝は〟〝こ〟〝う〟〝な〟〝っ〟〝て〟

〝い〟〝の〟〝ち〟〝に〟〝つ〟〝い〟〝て〟

〝か〟〝ん〟〝が〟〝え〟〝ま〟〝し〟〝た〟

〝い〟〝き〟〝の〟〝こ〟〝っ〟〝た〟〝こ〟〝と〟〝に〟

〝い〟〝み〟〝が〟〝あ〟〝る〟〝な〟〝ら〟

〝わ〟〝た〟〝し〟〝た〟〝ち〟〝の〟〝こ〟〝を〟

〝の〟〝こ〟〝し〟〝た〟〝い〟〝で〟〝す〟

〝声なき声〟に宿る決意――。

「子育てはおじいさんとおばあさんの協力が得られるの？」

〝は〟〝い〟

〝ふ〟〝た〟〝り〟〝は〟〝わ〟〝た〟〝し〟〝た〟〝ち〟〝を〟

〝み〟〝と〟〝め〟〝て〟〝く〟〝れ〟〝ま〟〝し〟〝た〟
〝ひ〟〝ま〟〝ご〟〝を〟〝ほ〟〝し〟〝が〟〝っ〟〝て〟
〝い〟〝ま〟〝し〟〝た〟
〝ふ〟〝た〟〝り〟〝な〟〝ら〟
〝た〟〝す〟〝け〟〝て〟〝く〟〝れ〟〝ま〟〝す〟

生まれた子供が幸せになるか不幸になるか、赤の他人が自分の価値観で決めていいはずがない。

〝わ〟〝た〟〝し〟〝に〟〝だ〟〝っ〟〝て〟
〝い〟〝し〟〝が〟〝あ〟〝り〟〝ま〟〝す〟

結局のところ、中絶を行うよう、翻意させようとした時点で自分も岸部夫妻と同じだった。独善だった。

「……ごめんなさい」

愛華が目をしばたたいた。

「私もあなたの気持ちを考えているつもりで、考えていなかったのかもしれないって思ったの」

〝じ〟〝ゃ〟〝あ〟〝せ〟〝ん〟〝せ〟〝い〟〝は〟
〝わ〟〝た〟〝し〟〝た〟〝ち〟〝の〟
〝あ〟〝か〟〝ち〟〝ゃ〟〝ん〟〝を〟
〝う〟〝ま〟〝せ〟〝て〟〝く〟〝れ〟〝ま〟〝す〟〝よ〟〝ね〟

もちろん、と答えるべきところだろう。それは分かっている。分かっていても安易にはうなずけなかった。

真相を知ったからといって——いや、真相を知ったからこそ、慎重な判断が求められるのではないか。

真理亜は愛華に答えた。

「一度、高森先生と話をしたいの」

28

所轄署の面会室は静謐《せいひつ》な空気に包まれていた。アクリル板が部屋を半分に仕切っている。

真理亜は折り畳み椅子に座り、膝の上で拳を作ったままじっと待っていた。

やがて、アクリル板の向こう側のドアが開き、東堂が高森を連れて現れた。

高森の相貌は、逮捕される前よりも痩せこけ、顎にうっすらと無精髭が生えていた。だが、眼光は鋭かった。

高森は真理亜に目をやり、黙礼した。そして——ほんの少し躊躇を見せた後、向かいの椅子に腰を下ろした。東堂は彼の背後に立った。

冤罪だと判明したので、高森は遠からず釈放されるだろう。しかし、すぐにというわけにはいかないと聞き、こうして直接話をする場を設けてもらった。

高森には訊きたいことがたくさんある。

「高森先生……」

真理亜は口を開いた。

高森は唇を引き結んだまま、小さくうなずいた。今回の面会の理由を聞かされているのが分かる。

「愛華さんの件、本人から聞いた。文字盤を使って、まばたきで一文字ずつ聞き取る方法でコミュニケーションを取ったの」真理亜は具体的な方法を説明した。「高森先生も同じ方法で愛華さんと〝会話〟していたんでしょ。愛華さんから聞いた」

高森は間を置いた後、「ああ……」と答えた。疲労が色濃く滲み出た声だ。

「僕もね、閉じ込め症候群の患者とのコミュニケーションが閉ざされている状況は望ましくないと思っていた。何とか彼女の〝声〟を聴きたい――。僕は国内外の同様の症例で医師や専門家がどのように意思の疎通をはかっているか、調べたよ」

「私も同じだった」

「彼女は訓練してコミュニケーションを取るほどの気力がまだなくて、そういう提案はまばたきで拒否された。だから、一番簡単な方法を考え出したんだよ。水瀬先生も同じ方法にたどり着いたみたいだね」

「ええ」

「僕は根気強く彼女とコミュニケーションをとった。多忙な診察や手術の合間を縫って、〝声〟を聴いたんだ。看護師や専門家に任せる手もあったけど、信頼されてるのは僕だったし、話を聞くうち、僕が適任だと思うようになった」

高森の表情に歪んだ自己陶酔などはなく、ただただ、医師としての義務感と使命感があった。

「彼女は『江花病院』に運び込まれて、意識を取り戻した後、事故を担当した警察官から、同乗者の話もされたそうだ。彼女の救出から遅れること一時間。岸辺に引っかかっているのが発見されて、別の病院に緊急搬送されて、一命を取り留めた、と」

「豊田さんね」

「ああ。彼女は二人揃って死に損ねたことを最初は悔やんでいたよ。見舞いに来る両親は、豊田さんが交際に反対されて愛華さんを道連れに心中したって信じ込んでいたし、彼への恨みつらみを吐いていた。事情を聞いていた僕は、それとなく諫《いさ》めたりもしたんだけど、聞く耳持たずだったよ。何にしても、岸部さん夫婦にとって心中は醜聞だし、政治的な力を使って愛華さん単独の交通事故ってことにしたらしい」

「報道じゃ、心中の〝し〟の字も出なかった」

「愛華さんは自分がそこまで思い詰めた理由が誰にも知られていないことに苦しんでいたよ。何度も死を切望された。どうせ一生寝たきりで、声も発せないまま死を迎えるなら――ってね。僕は愛華さんと毎日のように話をして、命の大切さを説いたよ。それがたとえ綺麗事だとしても、ね」

真理亜は共感を示すためにうなずいた。

「そんな中、彼女は、豊田さんとの子供を中絶させられた過去を教えてくれた。想いを吐き出した後、彼女は言ったんだ」

高森が唇を引き結んで黙り込んだので、真理亜は「何て？」と続きを促した。

「……『私はまだ彼の子を産めますか』」

その一言がどれほど重いものか、想像に難くない。真理亜は思わず拳をぐっと握り締めた。

「愛華さんは一度死のふちを経験したことで、赤ん坊への渇望がよりいっそう強くなったらしい。生きているのなら自分たちの子供を残したい、って考えるようになったんだ。でも、二人とも寝たきりで子供は作れない」

「全ては彼女のために――」

「……ああ。両親の支配に苦しんで、中絶を余儀なくされて、心中までして、二人揃って寝たきりになった――。そんな彼女の唯一の望みが自分たちの子だった」

「方法は人工授精だけ――」

「そうだ。子供を産みたい、って訴えられて、僕は悩んで、人工授精を提案した。他に方法はなかった」

「だから豊田さんをうちに転院させたの？」

「そうだよ。僕は向こうの病院に足を運んで、豊田さんに会って、彼女の想いを伝えた。文字盤を使っている時間はなかったし、まばたきで答えてもらった。豊田さんも愛華さんの気持ちに共感して、自分たちの子供を望んだ」

「高森先生は、愛華さんが性犯罪で妊娠したんじゃなく、人工授精で妊娠したって最初から知ってた。それなのになぜ逮捕されても黙っていたの？」

高森は顔を顰め、視線を落とした。苦渋が滲む眼差しを足元に向けている。

「……愛華さんのため、だよ」

「愛華さんの？」

高森はゆっくりと顔を上げた。その表情には悲壮な覚悟が表れていた。

「人工授精のことが判明したら、当然、どうやって彼女の意思を確認したのか、って話になる。そうなったら文字盤を使ってコミュニケーションを取ったことを話さなきゃいけなくなる」

「ええ」

「あの両親が彼女と文字盤で会話できるって知ったら、どうなると思う？」

真理亜は首を傾げた。

「彼女は両親の支配から逃れられていない。人工授精で豊田さんとの子を妊娠したなんて知られたら、きっとまた中絶を余儀なくされる。説得されてしまう」

高森は渋面で語った。

両親の支配の強さは実感している。せっかく思いの丈を聴かせてくれていたのに、苛立った両親が介入したとたん、愛華は〝声〟を閉ざしてしまった。コミュニケーションが取れたら、どんな命令でも従ってしまうだろう。

「愛華さんが抵抗したら、豊田さんに岸部夫妻の矛先が向くだろう。豊田さんのほうを説得されたら、愛華さんに抵抗する術はない。豊田さんも自分が寝たきりだから、正論で責め立てられたら強くは反発できないだろうね。正論なんてものはね、人を追い詰めるためにしか役立たないものなんだよ。人間は、自分は正論に不快を感じて反論するくせに、他人には平然と正論をぶつけたくなる生き物だ。自分は正しいことをしているという思い上がりがあるから、相手の心の傷には気づけない」

高森の頭に自分自身の実体験があるのは、疑いようもなかった。

たしかに、正論なら愛華の出産に反対する論理も倫理も容易に思いつく。

「だからこそ、僕は真相を隠さなきゃいけなかった。水瀬先生も、あの両親と会っているんだから、愛華さんの苦しみは想像がつくだろう？　彼女の意思は何一つ認められなかった。二人は娘の自由と意思を大事にしていると外では吹聴《ふいちょう》してたけど、実態は違う。表向きは彼女の意思を尊重して、彼女を一個人として認めて大事にしているように見えても、ね」

テレビやSNSを通して見てきた岸部一家は、立派で称賛される家族の理想像に見えた。

「間違ったことを言ってしまったら、親の表情が一変することを知っているから、彼女は常に親の顔色を窺って、間違っていない言動を選んできた。親としても表面上は価値観が一致しているから、認めるのも当然だ。でも、それは決して彼女の本心じゃないし、娘の意思の尊重なんて美談でもない」

何が正しく、何が間違っているのか。それを決めるのは一体誰なのか。

「そもそも、本当に本人の意思を尊重しているなら、わざわざ〝そんな自分〟を自慢したり、吹聴したり、アピールしたりする必要はない。そういう〝絶対的な理想〟がある人間は、自分の理想から外れた人間を許容しない。愛華さんは親が望む理想の中でしか意思を示せなかった」

親としては、そんな愛華を見て、娘が自分の意思で〝正しい選択〟をしていると思い込む――。

「結局のところ、愛華さんは親が期待している答えを選ばされていたにすぎないんだよ。親としては、自分たちの期待に応えている立派な娘だって満足してただろうけど、彼女の本心は別にあった、常に」

「愛華さんと話してそれはよく伝わってきた」

「だろ。だから文字盤で会話できることを知られたくなかったんだよ、彼女は」

真理亜ははっとした。

高森は神妙な顔つきでうなずいた。

「彼女にとって、閉じ込め症候群は、自分を支配する両親とのコミュニケーションを拒絶できる救いでもあったんだよ」

コミュニケーションの断絶――。

彼女自身が自ら両親との会話を閉ざしていた――ということか。

「高森先生はただただ愛華さんのために、黙秘を続けていたの？」

「催眠下の証言で僕も正直、内心パニックになった。あのとき頭の中にあったのは、とにかく豊田さんの存在だけは何としても隠さなきゃいけない、ってことだけだった。今思うと事実を告げたほうがよかったかもしれない。でも、僕自身、冷静な判断ができなくて、結果的には黙秘になってしまった」

「そうだったの……」

「……不幸ばかりで、苦しんできた彼女に、少しでも希望を――幸せを与えたかった。彼女は恋人との子供を欲していた。だから僕は彼女の悲願を叶えてやりたかった」

〝これは愛です〟

告発の場に居合わせた高森は、罪を追及され、つぶやくようにそう言った。

最初は、寝たきりの患者に異常な執着を見せるストーカーじみた台詞だと思った。だが、食堂で聞いた高森の考え方を思い出し、愛華に生きる希望を与える目的で子供を宿したのだと考えた。どちらも間違いだったのだ。

真相を知ってみると、意味が一変した。

高森は、〝愛華と豊田の愛〟だと答えたのだ。

愛――。

二人にとってたしかにこれは愛としか答えられない。誰に賛同されなくても、二人は愛を貫いた――。

高森は岸部夫妻に『あなた方には愛の重みが分からないでしょうね』と言い放った。それは愛華と豊田の関係を軽んじた両親への批判だったのだ。

今までの高森の台詞の本当の意味がようやく理解できた。

「私が妊娠に気づいたのは偶然だった。高森先生はいつまで彼女の妊娠を隠しておくつもりだったの？」

高森は大きく息を吐いた。

「……中絶できない時期まで、隠し通したかった。そうすれば両親が何を言っても、産むしかなくなる。両親がどれほど反対しても、中絶させようとしても、無駄だ」

両親の強制力はそれほどまでに強い――。

だからこそ、高森は人工授精を行ったのだ。

真理亜はぐっと拳を握った。

成人している当事者が自分の意思で同意したのだから、医師として人工授精を行うことは間違っていない。

だが――。

納得していない自分がいる。彼女たちの状況を考えると、軽率だったのではないか。

それは寝たきりになった患者の意思を軽く見ている差別的な私情だろうか。心のどこかで彼女たちを対等に見ていない――。

自分の倫理観を揺さぶられる真相だった。

成人した二人が同意しているのだから、本来ならそれで済む話だ。だが、子育てができない彼女たちには、周りの手助けが必須だ。そもそも二人自身にも介助が必要だ。

「高森先生」真理亜は自分の考えを口にした。「――周りの同意と理解がないと、出産は産んで終わりじゃないでしょ。一番大切なのは赤ん坊をどう育てるか、じゃないの？」

高森は眉根を寄せ、下唇を嚙み締めた。

思いがけず妊娠して産んだはいいものの、赤ん坊を自分では育てられず、コインロッカーや公衆トイレに捨ててしまったり、最悪の場合、殺害してしまったり――。不幸な事件は後を絶たない。

愛華は望んで妊娠したとはいえ、自分たちでは育てられないという点では同じだ。

高森は重々しく息を吐き、口を開いた。

「彼女の祖父母と話す機会がなかった……。中絶できない時期になったら、伝えて、協力を取りつけるつもりだったんだ」

「協力を得られなかったら、どうするの？　子供は施設に預けるしかなくなる」

医師としてはあまりに無責任ではないか。生まれてきた子供のことまで考えてこそ、命に責任を持つ——ということだと思う。少なくとも自分は産婦人科の医師としてそう努めてきた。

「……水瀬先生が僕の立場ならどうする？　寝たきりで、回復の見込みがない女性が生きているうちに愛する相手との子供を産みたい、と切望したとき、どうする？　それが生きる唯一の希望だとしたら——」

答えに窮した。

自分がその立場なら——。

そういう視点は持っていなかった。いや、もしかすると、意識的に考えないようにしていたのかもしれない。自分では決して答えを出せないから——。

真理亜は下唇を嚙み締めた。

答え——か。

自分なら保守的な判断をしてしまったかもしれない。論理と倫理の正論を吐き、愛華を説得しただろう。

それは一体誰のためだろう。

保身のためではないか。

愛華と赤ん坊のことを一番に考えていると自分の心を騙《だま》し、〝当然の結論〟に誘導しただろう。

「水瀬先生……」高森は低く抑えた声で言った。「僕からお願いがある……」

真理亜は顔を上げると、小さくうなずいた。

「彼女を——彼女のおなかの赤ん坊をよろしく頼む。今度こそ彼女に産ませてやってくれ」

高森の切実な台詞が胸に突き刺さる。

愛華の望み——。

医師としてそれでいいのか、答えが出せない。彼女の現状を知りながら出産に賛成していいのだろうか。

医師の倫理は——。

そして、命の倫理は——。

真理亜は黙って高森の目を真っすぐ見返しながらも、返事はできなかった。

エピローグ

病室には緊張が張り詰めていた。雲が太陽を隠しているせいで、窓からは日が射し込んでこず、天井の蛍光灯だけでは薄暗さを感じる。

真理亜は息を吐くと、ベッドで仰向けに寝ている愛華をじっと見つめた。

彼女のおなかはもう盛り上がっていない。

愛華は天井を凝視している。その眼差しに宿っている感情は一体何なのか。

「ベッド、起こすわね」

愛華が一回のまばたきで答えると、真理亜はスイッチを操作し、ベッドを動かした。

愛華の上半身が起き上がっていく。

真理亜は丸椅子に腰掛けた。愛華と目線が等しくなる。

「体調は大丈夫？」

愛華は一回まばたきをした。

「手術は痛くなかったでしょ？」

愛華は再び一回まばたきをした。

手術を終えた今でも、自分の選択が正しかったのか考える。

命の倫理とは一体何なのか。

両親がともに寝たきりになっている。言葉も発せない。赤ん坊にミルクを飲ませることも、お風呂に入れることも、何もできない。子育てができない。

否定できない現実だ。

高森がしたことは、果たして正しかったのか。

真理亜は高森が釈放されてからの騒動を思い返した。

真相が公になっていなかったこともあり、医者という立派な肩書きがあれば性犯罪を犯しても許されるのか、と批判の声も上がった。主にSNS《ツイッター》で警察と検察、そして、高森を誹謗する書き込みがあふれた。

だが、釈放から一週間ほどが経ち、週刊誌が人工授精の事実をすっぱ抜き、世論は一変した。

そこからは倫理の問題に変わった。

寝たきりの患者の妊娠の是非は——。

だが、デリケートな問題を孕《はら》んでいるため、テレビや全国紙は後追いをしなかった。高森が真実を伏せていたせいとはいえ、彼の無実は世間に周知されていない。

当の高森は釈放後、『江花病院』を辞めている。巻き起こした騒動を思えば、居られなかったのだろう。今は地方の病院に勤務していると聞いている。

真理亜は愛華の二の腕を優しく撫でさすった。

「……あなたの選択は決して間違いじゃない。勇気ある決断だったと思う」

話しかけると、愛華は一回まばたきをした。

「私はあなたの味方だから」

まばたきが一回。

真理亜は、ふう、と息を吐き、腕時計で時刻を確認した。午後三時半――。

病室には緊張が張り詰めたままだ。

やがて、病室のドアがノックされた。

「どうぞ」

応じると、ドアが開き、移動式のベッドが運び込まれてきた。仰向けに寝ているのは、豊田だ。

看護師が声をかけ、ベッドの頭側を起こした。豊田の上半身が起き上がり、愛華と目線が等しくなる。

二人の眼差しが交錯した。目で会話しているような間がある。どのような感情が宿っているのだろう。同じ境遇の者同士だからこそ、理解できる感情があるのだろうか。

「もう少し待ってくださいね」

女性看護師が二人に声をかけた。

静寂の中で待っていると、再びノックがあり、ドアが開いた。産婦人科の女性看護師が入室してきた。その腕の中には、赤ん坊が抱えられている。

「お子さんですよ」

女性看護師が二人に満面の笑みを向けた。

自然分娩ができない愛華は、帝王切開で出産した。大手術だった。出血も多かったが、幸いにも世間の人々の献血が充分だったので、輸血に困ることはなく、母子ともに問題は何もなかった。

愛華と豊田の瞳がわずかに動いた。視界には二人の赤ん坊が入っているだろう。いつの間にか雲を割ったまばゆい陽光が窓を透過し、病室を白く輝かせていた。

命――。

そこにあるのは命だった。

病室には二人の無言の時間がしばらく流れていた。

三人を見つめていると、病室に老年の夫婦が現れた。

「愛華……」

二人は愛華の祖父母だった。愛華の妊娠の事実を知ってからは、週に四回の頻度で見舞いに来ていた。誰よりもひ孫の誕生を待ちわびていた。

逆に彼女の両親は、人工授精の事実を知ってからますます出産に猛反対するようになり、やがて数えるほどしか見舞いに現れなくなった。

だが、両親の姿が見えなくなったことで、愛華に心なしか生気が宿った気がするのは、錯覚だろうか。

親の支配から逃れ、明るくなったように思う。表情が変わらなくても、声が出せなくても、文字盤を通して語る言葉の単語一つから前向きな感情を感じる。

必ずしも家族が一緒でなくても構わないのだ、と学んだ。

今の愛華には愛する相手がいて、最愛の赤ん坊が無事に生まれ、祖父母の手助けがある。

祖母が女性看護師から赤ん坊を受け取ると、優しく抱き、ほほ笑みを向けた。

「ほら、可愛らしい赤ん坊よ」

祖母が二人の前へ進むと、愛華と豊田が赤ん坊をじっと見つめた。表情が変わらなくても、眼差しに込められた感情は分かる。

愛情だ。

今この瞬間、言葉は不要だった。

そこにあるのは命の輝き——。赤ん坊だけでなく、愛華も豊田もはっきりと生きている。

閉ざされた二人に、希望の未来が開けたかのようだった。

——了

本書の刊行にあたり、藤ノ木優先生（作家・産婦人科医）にご助言をいただきました。医療の専門知識や実地について懇切丁寧に教えていただき、作品が無事に完成しました。この場を借りて、心からお礼を申し上げます。

本文中の記述内容に誤りがあった場合、その責任はすべて著者に帰するものです。

また、この作品はフィクションであり、登場する人物や団体は実在のものとは一切関係ありません。

参考文献

『はじめてママ&パパの妊娠・出産』
安達知子＝監修／主婦の友社
『ママと赤ちゃんの様子が1週間ごとによくわかる妊娠・出産最新ケアブック』
竹内正人＝監修／世界文化社
『誕生死・想―262通のハガキにつづられた誕生死』
流産・死産・新生児死で子をなくした親の会＝編集／三省堂
『ともに生きる―たとえ産声をあげなくとも』
流産・死産経験者で作るポコズママの会＝編集／中央法規出版
『悲しいけれど必要なこと―中絶の体験』
マグダ・ディーンズ＝著／加地永都子＝訳／晶文社

初出

『STORY BOX』二〇二〇年八月号～二〇二一年四月号

装幀　坂野公一＋吉田友美（welle design）
本文フォーマット　島崎肇則（welle design）
カバー写真　by_nicholas/getty images
Adobe Stock

下村敦史（しもむら・あつし）
１９８１年京都府生まれ。２０１４年、『闇に香る嘘』で第60回江戸川乱歩賞を受賞しデビュー。同作は数々のミステリランキングで高い評価を受ける。15年刊行の『生還者』は日本推理作家協会賞の長編及び連作短編集部門の候補になる。著書に『真実の檻』『黙過』『悲願花』『同姓同名』『ヴィクトリアン・ホテル』『白医』などがある。

アルテミスの涙

2021年９月22日　初版第１刷発行

著者　　**下村敦史**

発行者　飯田昌宏
発行所　株式会社 小学館
〒101-8001　東京都千代田区一ツ橋２－３－１
電話　編集 03-3230-5616
販売 03-5281-3555

印刷　萩原印刷株式会社
製本所　株式会社若林製本工場

Printed in Japan　ISBN978-4-09-386622-4